Edmund·Spenser's Love Poems

斯宾塞情诗集

【英】埃德蒙·斯宾塞 著

邢 怡 —— 译

上海交通大学出版社
SHANGHAI JIAO TONG UNIVERSITY PRESS

内容提要

　　本书的主要内容有《爱情小唱》《阿纳克里翁体讽刺诗》《婚颂》《迎亲曲》。全书采用英汉对照形式编排。其中《爱情小唱》译文采用的是十四行对十四行散文体译风格;《阿纳克里翁体讽刺诗》采用的是十二字一韵到底的韵式,《婚颂》采用的是长短句一韵到底的形式;《迎亲曲》采用的是每行十二字,频繁换韵的形式。四部分内容,用四种不同风格展现,为读者提供欣赏英语诗歌韵律美的丰富体验。

图书在版编目 (CIP) 数据

　　斯宾塞情诗集 / (英)埃德蒙·斯宾塞 (Edmund Spenser)
著:邢怡译 . 一上海:上海交通大学出版社,2019
　　ISBN 978-7-313-21612-0

　　Ⅰ. ①斯… 　Ⅱ. ①埃…②邢… 　Ⅲ. ①诗集 – 英国 –
中世纪 　Ⅳ. ① I561.23

　　中国版本图书馆 CIP 数据核字 (2019) 第 152406 号

斯宾塞情诗集

著　　者:[英]埃德蒙·斯宾塞	译　　者:邢　怡
出版发行:上海交通大学出版社	地　　址:上海市番禺路 951 号
邮政编码:200030	电　　话:021-64071208
印　　刷:常熟市文化印刷有限公司	经　　销:全国新华书店
开　　本:710mm×1000mm　1/16	印　　张:17.75
字　　数:236 千字	
版　　次:2019 年 10 月第 1 版	印　　次:2019 年 10 月第 1 次印刷
书　　号:ISBN 978-7-313-21612-0	
定　　价:88.00 元	

序

　　《爱情小唱》是英国文艺复兴时期著名诗人埃德蒙·斯宾塞的代表作之一。这是一组十四行诗集，与《婚颂》一起装订成册，发表于 1595 年。《爱情小唱》部分的版面设计风格是一首诗一个页面。《婚颂》则配有一个主题页。《爱情小唱》之后紧跟着一组抒情小诗。这组抒情诗习惯上被称为"阿纳克里翁体讽刺诗"。这种诗集的版面设计结构（十四行组诗后为一变调，再之后是一首长诗）是斯宾塞对塞缪尔·丹尼尔《迪莉娅》传统的传承。伊丽莎白时代的诗人对这种结构形式的运用很广泛，其中的长诗往往是一首幽怨曲。这种形式最早可以追溯到卡图鲁斯等罗马人的作品。但斯宾塞呈现给我们的则是一首令人欢欣鼓舞的婚礼喜歌，可谓英诗中的首创。而且与前人不同的是，斯宾塞的《婚颂》是诗人献给自己妻子的诗。确切地讲，斯宾塞并非文艺复兴时期第一个为妻子，而非为情人或他人之妻写十四行诗和《婚颂》的人。之前曾有法国的让·萨蒙·马克林（Jean Salmon Macrin）为他钟爱的女子写过十四行诗和婚颂；被放逐的奥维德在其作品中哀唱过千里之外的老爱妻；米开朗基罗的朋友维多利亚·科隆纳（Victoria Colonna）也曾为她已故的丈夫写过十四行诗。

　　即便如此，斯宾塞的十四行诗却为英国读者提供了一些不同寻常，同时又无比强大的元素。大多数批评家们一致认为斯宾塞的十四行诗暗示或影射出他向伊丽莎白·伊尔求婚之念，而《婚颂》则是为了庆祝他 1580 年 6 月与博伊尔（他的第二任妻子）完成爱情长跑，喜结良缘而作。那场婚礼最可能的举办地是爱尔兰考克郡的约尔镇或诗人在爱尔兰的府邸基尔科曼堡（Kilcolman）。《爱情小唱》中有几首诗的创作时间显然更早，很明显是诗人为另一个或者一些女子赋写的诗歌。比如第八首就是在 1580 年前的一份稿子中发现的。这几首诗之所以出现在《爱情小唱》中，是因为文艺复兴时期的诗人一般都乐于重复利用自己的诗作。第七十四首中的指代指向 1594 年的复活节季（即斯宾塞成婚的那年）。《婚颂》的创作时间则是指那年的夏至日，亦即英国人一直沿用到 1752 年，从未更改过的儒略历上的那一天，那天是 6 月 11 日。所有这些都将这组诗和斯宾塞的自传联系在一起，而且更让人相信 1594 年某时或 1595 年年初，斯宾塞创作了一些新诗，也重写了一些旧作，并将其集结成册，于是才有了这个吸引人眼球的创意。

十四行诗，又名"商籁体"（意大利文 sonetto，英文 Sonnet、法文 sonnet 的音译），是欧洲一种格律严谨的抒情诗体。意大利中世纪的"西西里诗派"诗人雅科波·达·连蒂尼（生年不详，约卒于 1246 至 1250 年间）是采用这种形式创作诗歌，并使之成为具有严谨格律的第一人。十三世纪末，十四行诗体的运用由抒情诗领域扩及叙事诗、教谕诗、政治诗、讽刺诗，押韵格式也逐渐变化为：ABBA，ABBA，CDC，DCD，或 ABBA，ABBA，CDC，EDE。意大利文艺复兴时期诗人彼特拉克的创作使其臻于完美，故又称"彼特拉克体"，后传到欧洲各国。

在意大利文艺复兴文学的影响下，十四行诗传入法、英、德、西诸国，并适应各国语言的特点，产生了不同的变体。马洛首先把它移植到法国。"里昂派"拉贝，"七星诗派"诗人龙萨、杜贝雷的作品，使十四行诗成为十六世纪法国的重要诗歌形式。

十六世纪初叶，萨里、华埃特把十四行诗介绍到英国，到十六世纪末，十四行诗已经成为英国最流行的诗歌体裁。格式演变为三节四行诗和一副对句，押韵的方式是 ABAB，CDCD，EFEF，GG。在这种类型之外又产生了其他变体。英国类十四行诗体分为 3 段四句加最后两句。最后的两句通常与前面的大不相同，比意大利类第九句改变更大。产生了锡德尼、斯宾塞，莎士比亚等著名的十四行诗人。弥尔顿、华兹华斯、雪莱、济慈等也以写作优秀的十四行诗享有声誉。一般英国十四行诗的韵牌是"'莎士比亚体': A-B-A-B, C-D-C-D, E-F-E-F, G-G(称为)、或更严格的"斯宾塞体"A-B-A-B, B-C-B-C, C-D-C-D, E-E、以及"雪来体"A-B-A, B-C-B, C-E-C, E-D-E, F-F。

早期浪漫主义诗人破除传统的框框，追求自由不拘的诗歌形式，十四行诗一度被冷落，但十九世纪下半叶又得到复兴，卡尔杜齐、邓南遮等均留下了佳作。二十世纪继续流行于诗歌创作。

斯宾塞十四行诗的题材则转向谈论婚姻。毕竟婚姻是给可怜的"爱星者"的一个答案。"爱星者"认识到，虽然自己竭尽所能从他心仪的女子那里学习理想主义，但"desire still cries, 'gives me some food'"（菲利普西德尼的作品《Astrophil and Stella》）。那时，大多数写十四行诗的诗人都为没有一丝或者任何真诚的希望而备受煎熬。斯宾塞的新娘能荣耀、贞洁、愉快地屈服，而彼特拉克的劳拉，锡德尼的斯黛拉却不能。

英国人长期以来一直关注着彼特拉克本尊。乔叟以及奥尔良公爵查尔斯 (Charles Duke of Orléans) 写的英文诗（他在英国坐牢期间所作）就是见证。众多英国诗人继承发扬了他开创的体裁。但运用这一体裁的几位有名的诗人都和彼特拉克一样共享了自我分裂这一概念，即肉欲与理想化的混合体。他们有时候还用化名指代一个能够激发诗人玩文字游戏，或运用含沙射影手法的女子。比如彼特拉克笔下的劳拉，锡德尼笔下的斯黛拉以及能够激发人联想的博伊尔。

无论十四行诗背后的真情或真正的欲望是什么，彼特拉克式欲望的表现在英国政治生活中起到了一定的作用。因为英国女王及其争宠者们纷纷通力合作，将女王塑造成被爱慕的对象中的典范。她的求爱者们则被塑造成害相思病的痴心汉。斯宾塞十四行诗将倾慕对象和倾慕者之间这种联系编织得更加错综复杂。例如第七十四首当中，诗人在对伊丽莎白这个名字的歌颂中就糅合了他对母亲和爱人的赞美。

斯宾塞与彼特拉克式传统处于全面对话状态。这种传统又受到新柏拉图哲学思想的影响，因为它能部分地缓解求爱遭拒给人带来的痛苦。但同时又受到讽刺与自嘲式诙谐打趣诗歌体裁的影响。因为这些讽语能有趣地顶推那种诗人有时表现出的真真切切的苦与痛。

诗人心怀渴望，献诗给自己以为可以用合法手段博得芳心，甚至娶进家门的心仪女子，而不是企图通过赋诗去勾引他人之妻（比如菲利普·锡德尼）或赢得仙界某位天神的支持。对斯宾塞来说，这是摆脱或修正这种传统的一种方法。斯宾塞对此还做了进一步改良。他这样做的理由是：如果能用心理学意义上的综合暗示，通过掌握贤良女子自己的性爱特点来激发她的性爱，同时又不致让其丢脸，才可谓上策。正因如此，他将宗教改革中有关性与婚姻的思想运用到彼特拉克传统中。由于彼特拉克派诗人倾向于将婚姻中的性趣拔得比禁欲还高，他认为诗人有义务提醒那些没有婚姻经历的读者们，贞节和童贞是两个不同的概念。一个忠诚的妻子即使性欲很强也是贞洁的。斯宾塞之前，没有任何人写过如此富有条理性和独创性的组诗。这组诗实际上已经超越了彼特拉克。超越之处在于斯宾塞抓住了派特拉克那只高速奔跑的鹿，并将彼特拉克没有发现的那艘飘摇在风雨中的轮船驶进港湾。他向柏拉图谦卑地鞠躬，同时又对他置之不理。这样做的目的是以期歌颂已经修成正果的爱情和生儿育女的希望。是他建立起了一种综合性的与奥维德讽刺史诗之间的关联。他笔下的心仪女子本身就智勇双全，而且读者还从她身上发现她与自己心爱的人分享着一种他们二人之间共有的担当意识。

斯宾塞献给伊丽莎白·博伊尔的十四行诗数量之多可与《公祷书》中所列出的宗教节日和礼拜日的数量等量齐观。《爱情小唱》中收录的十四行诗则是诗人从圣灰节 (Ash Wendnesday，复活节前第 40 天) 开始到法定春节为止这段时间期间创作的作品（英国法定春节也叫报喜节，3 月 25 日，即儒略历中的天使报喜节），夫妻俩在《爱情小唱》之后有过一次小别，之后又开始了《婚颂》系列。《婚颂》（Epithalamion）也叫《新婚喜歌》，共计二十四节，三百六十五行，刚好形成一种圆形诗篇。

《阿纳克里翁体讽刺诗》在第一版中没有题目，也没有任何有关其独成一体的说明。人们将其称作阿纳克里翁体讽刺诗，皆因错误地将其归类到阿纳克里翁风格。实际上，阿纳克里翁风格是由古希腊抒情诗人阿纳克里翁（Anacreon，约公元前 572？—488 年) 创立的一种短诗形式。阿纳克里翁擅长用生动、机智的诗句歌颂爱情和豪宴。他的短诗被称为阿纳克里翁风格（Anacreontics）。其作品现在仅存一些片段。Anacreontics 这个词有时也用来指其他歌颂饮酒与风流风格的欢快短诗。阿纳克里翁的诗作通常四行为一节，交替押韵。斯宾塞改写了法国老诗人克莱芒·马罗的两首讽刺短诗。这些诗也因此成为时尚和优雅的象征。

斯宾塞的情诗中暗含他对爱情与上帝、情与性、爱情与婚姻、爱情与政治、甚至爱情与战争之间关系的观点。这些观点都是正能量的积极思想。斯宾塞情诗的深度还体现在不安与纠结的痕迹中。这种不安与纠结无法从欢乐中剔除，但又是性体验（包括对婚姻的预期中）不可避免的一部分。

《迎亲曲》创作于 1596 年，由十个诗节组成，每节十八行，共一百八十行，正好形成一种半圆形诗章。《迎亲曲》和《婚颂》赞颂的人物都是高富帅和白富美。诗篇结尾处，诗人不仅在歌颂新郎新娘，而且也在歌颂埃塞克斯伯爵。埃塞克斯伯爵不但是两位新娘的亲戚，更是一位手握重权的王家宠臣。

《迎亲曲》中所赞美的两位新娘是爱德华·萨默塞特的两位千金。爱德华·萨默塞特是沃斯特郡第四任伯爵。他家的两位千金分别叫伊丽莎白·萨默塞特和凯瑟琳·萨默塞特。她们于 1596 年 11 月 8 日在伦敦的埃塞克斯府举行了一场集体婚礼。伊丽莎白萨默塞特和亨利·吉尔福德结为伉俪，凯瑟琳·萨默塞特与威廉姆·彼得雷尔喜结连理。诗人斯宾塞很可能与新娘家的亲戚熟悉。但他为什么会为她们创作赞歌，其背后的故事我们不得而知。若以小人之心度君子之腹，我们可以想象，诗人很可能希望以此得到埃塞克斯伯爵的青睐，以便为自己在王宫找到一把保护伞。但这毕竟只是小人之心的猜测，真正原因还有待斯宾塞的研究者们为我们提供。

译者这里只不过是鹦鹉学舌，将 Anne Lake Prescott 和 Andrew D. Hadfield 两位斯宾塞专家的观点归纳整理了一些而已。目的很明确，就是希望能达到抛砖引玉的效果。不当之处，定当改之。

译者自序于新时代花园陋室

2016 年 4 月 20 日

埃德蒙·斯宾塞的十四行诗集《爱情小唱》写的是他追求伊丽莎白·博伊尔，并最终于 1594 年 6 月与其结为伉俪的整个历程。斯宾塞效仿了彼特拉克十四行诗的写作风格，但一个明显的区别是彼特拉克笔下的女子是镜中花，而斯宾塞笔下的女子是他实际上能够拥有，而且确确实实拥有过的女子。其韵式是典型的斯宾塞体：ABAB BCBC CDCD EE。

在第一首诗中，斯宾塞告诉他的诗集，他所爱的女子能读到他的字句是多么美妙的事情！他心爱的女子看到他充满爱意的话语对他意味着一切。斯宾塞告诉自己的诗集，当他心爱的女子用百合般白皙的玉手一页页翻起诗集时他是如何幸福。与其他彼特拉克的女主角一样，斯宾塞的心仪手握所有大权；她可以杀他（打比方说），手段就是不接受他的诗，而不接受他的诗就如同不接受他的爱。得不到心仪的爱，他的心会死。斯宾塞用了一个类比，进一步让读者相信他心仪的姑娘将他的命运操控到何等程度。他所爱的姑娘既是他的捕快，也是救他的英雄。她用"爱的软带"系住他的诗和心（所谓带亦即捆扎或束缚）。她的双手既可以要他命（"扼杀力"）也可以给他命。诗和心都在期待姑娘的爱中战战兢兢，就像俘虏看见逮着他的人（给他自由的人）一样。

斯宾塞告诉他的诗，当她用灿若星辰般的美眸读着诗行时将是一种极端的幸福和快乐。如果那对明灯（闪烁，浪漫，兴奋）似的双眼屈尊读你们的诗行，你们将会充满欢愉。如果她读这些诗，她会发现他心中的忧伤和奄奄一息的"灵魂"，而且书页也会为他内心的爱流下同情的泪水。

目　录

Amoretti

~~~~~~~~

爱情小唱

~~~~~~~~

Sonnet 1

HAPPY ye leaves[1]! when as[2] those lilly hands,
Which hold my life in their dead doing[3] might
Shall handle you, and hold in loves soft bands,
Lyke captives trembling at the victors sight.

And happy lines! on which, with starry light,
Those lamping[4] eyes will deigne sometimes to look
And reade the sorrowes of my dying spright[5],
Written with teares in harts close[6] bleeding book.

And happy rymes! Bath'd in the sacred brooke,
Of Helicon[7], whence she derivéd is,
When ye behold that Angels blessed looke,
My soules long lackéd foode, my heavens blis.

Leaves, lines, and rymes, seeke her to please alone,
Whom if ye please, I care for other none[8].

注释：　1. leaves：书页，一张或一叠。

2. as：当…的时候。

3. dead doing：致命的。

4. lamping：闪闪发亮的。

5. spright：灵魂。

6. close：隐秘的，隐藏的；看不见的。

7. Helicon：指赫利孔山上的赫利孔泉。赫利孔山是希腊神话中文艺九缪斯的灵地，赫利孔泉是诗思的灵感
源泉。

8. none：别无其他。

第一首

多幸福啊，你们书页一张张！
那对百合般白皙的玉手将我的命死死攥在手掌。
当它们捧起你们，并用爱的软带捆绑，
你们就像胜利者面前战战兢兢的俘虏一样。

你们多幸福啊诗行！
当那明亮的美眸时而屈尊将星光般的目光投在你们身上，
阅我那垂死之灵的忧伤，
我挥泪成文在心底的滴血之书中秘藏。

你们多幸福啊诗章！
你们沐浴过赫利孔圣泉之水，那可是她来的地方，
当你们有幸见到那位天使圣洁的面庞，
那可是我的至福、我灵魂久久求之不得的食粮。

啊，书页，诗行，诗章，你们去设法讨她一个人欢喜，
只要她们让她开心，别的我都不在意。

解析：　在第一首诗中，斯宾塞告诉他的诗集，他所爱的女子能读到他的字句是多么美妙的事情！他心爱的女子看到他充满爱意的话语对他意味着一切。斯宾塞告诉自己的诗集，当心爱的女子用百合般白皙的玉手一页页翻起诗集时他是何等幸福。

这首诗的韵沐浴过赫利孔灵山上那圣河之水。斯宾塞告诉自己的诗，当她（"天使"）用令人愉快的目光注视它的时候，他那颗为渴望所苦的灵魂就会感到天堂般的满足。两行金句是对全诗大意的总结。斯宾塞说他创作这些诗的唯一一个读者就是他心爱的姑娘。因为他在乎她胜过其它一切。

Sonnet 2

VNQUIET thought, whom at the first I bred,
Of th'inward bale[1] of my loue pinéd[2] hart:
And sithens[3] have with sighes and sorrowes fed,
Till greater then my wombe thou woxen[4] art.

Breake forth at length out of the inner part,
In which thou lurkest lyke to vipers brood[5]:
And seeke some succour[6], both to ease my smart
And also to sustayne thy selfe with food.

But if in presence of that fayrest proud[7]
Thou chance to come, fall lowly at her feet:
And with meeke humblesse[8] and afflicted[9] mood,
Pardon for thee, and grace for me intreat.

Which if she graunt, then liue, and my loue cherish:
If not, die soone, and I with thee will perish.

注释:　1. bale: 悲哀，悲痛；苦恼。

2. pinéd: 遭受折磨的。

3. sithens: 自从……的时候起。

4. woxen: 已成长的，成熟的。

5. 人们认为毒蛇仔是在母蛇肚子里一路啃着母蛇的肉，把母蛇咬死，破肚而出的。

6. succor: 帮助，援助。

7. 指诗人心仪的那位傲气十足的美女。

8. humblesse: 谦恭，谦让。

9. afflicted: 垂头丧气的，郁郁不乐的。

第二首

自从我初次孕育出了你，啊，躁动不安的思想！
我这颗深受爱情的思念折磨的心就充满痛苦忧伤。
从此后，我又用哀叹和忧伤把你喂养，
直到我心里再也没有一点儿能容得下你的地方。

你就像那撑破亲娘之腹，爬将出来的蛇仔，久久在我心里潜藏，
越长越大，最后破茧而出，冲出我的心房。
寻求援助，一为缓解我满怀忧伤，
二为你自己补给一些维系你生命的食粮。

但是，倘若你有机会遇到那个傲雪凌霜的俏女郎，
请你匍匐在她的脚下，表现出恭恭敬敬的模样：
心情要显得烦闷，脸上还要摆出一副温顺卑恭之相，
求她可怜可怜我，并将你原谅。

她若答应，那你就活着，并将我的爱恋珍藏，
她若不答应，那你就速死吧，我将与你共亡。

解析： 诗人在第一行中对"骚动不安的思想"讲话。而这里的"骚动不安的思想"抑或指他的诗（正如第一首里那
样），抑或指他对心爱的姑娘那一腔强烈的、无法抑制的爱恋。无论指哪一个，诗人都想使这份藏在内心深
处的感情能够"冲破壁垒"到达他的心仪那里。在那里，"骚动不安的思想"会当着她的面儿，求得她的认可，
而姑娘对诗的回应决定着诗人的生死。

Sonnet 3

THE soverayne beauty which I doo admyre[1],
Witnesse the world how worthy to be prayzed:
The light wherof hath kindled heavenly fyre,
In my fraile spirit, by her from basenesse raysed.

That being now with her huge brightnesse dazed[2],
Base thing I can no more endure to view:
But looking still on her, I stand amazed,
At wondrous sight of so celestiall hew[3].

So when my toung would speak her praises dew[4],
It stoppéd as with thoughts astonishment:
And when my pen would write her titles[5] true,
It ravisht is with fancies[6] wonderment.

Yet in my hart I then both speake and write,
The wonder that my wit cannot endite[7].

注释：　1. admyre: admire 和 wonder at 都从拉丁文 admiror（赞美者，敬慕者；情人）演变而来。

2. dazed: 使人眼花缭乱的。

3. hew: 画像，塑像；人影，人形；人物。

4. her praises dew: 这里指她应得的赞美。

5. titles: 正确记述的名字。

6. fancies: 指我们的想象力。有人怀疑它不可靠，因为想象力有误导理智的能力。

7. endite: 表达，或更确切地说是口授。

第三首

那至高无上的美人哟，我对她心怀钦佩仰慕之情。
她多么值得赞美哟，啊，红尘凡夫们，请为她见证：
她那在我脆弱不堪的心中点燃神圣爱火的明灯，
正是它把我的精神振奋提升。

她那灿若星辰的的耀眼明辉迷蒙了我的眼睛，
我的双眼再也忍受不了去看那些粗野低俗的物品：
望着她我呆立吃惊，
讶异于她那天仙般的曼妙娉婷。

然而，当我的舌头想发出她应得的赞美之声，
却好像因为愕然之想而迟停：
当我的笔欲写下她的真名，
却因幻想的奇观之故变得颠三倒四，怎么也表达不清：

我的理智无法描绘这处令人叹为观止的圣景，
但我却得以将其刻进我的心灵。

解析： 这是一首赞美他的"绝世美人"（心仪女子）的诗。诗人将她与一盏能够点燃神圣爱火、使他无法久视的明灯相比。
诗人无法用语言描述这盏灯那令人叹为观止的光，于是赋诗以表达"其聪明才智无法描绘的圣景"。

Sonnet 4

NEW yeare, forth looking out of Janus gate[1],
Doth seeme to promise hope of new delight:
And bidding th'old adieu, his passéd date[2]
Bids all old thoughts to die in dumpish[3] spright.

And calling forth out of sad Winters night,
Fresh Love, that long hath slept in cheerlesse bowre:
Wils him awake, and soone about him dight[4]
His wanton wings and darts of deadly powre.

For lusty Spring now in his timely howre,
Is ready to come forth, him[5] to receive:
And warnes the Earth, with divers[6] colored flowre,
To decke hir selfe, and her faire mantle weave.

Then you, faire flowre, in whom fresh youth doth raine,
Prepare your selfe new love to entertaine.

注释： 1. Janus gate：两面神亚努斯之门。两面神是门神，司和谐。在儒略历之前，两面神的月份，即一月，是新
年的第一个月，代替了罗马历中三月作为新年第一个月的位置。

2. passéd date：这里的日子有两种可能，一种是指一月的第一天，另一种是指刚刚过去的冬天。不管取哪个
意思，新年的到来都教会这位女子为爱情做好准备。

3. dumpish：悲哀的，悲伤的；凄惨的，可悲的，可怜的。

4. dight：准备。

5. him：指爱神丘比特。

6. divers：各种各样的，种种的，杂多的。

第四首

新年来到守门神亚努斯的门口朝外看，
仿佛是想承诺希望的新喜悦一定会实现：
与旧岁作别，
旧岁那已经逝去的过往令所有旧念消隐在郁郁寡欢的心间。

并从黑沉沉，冷清清的冬夜，唤出小爱神，小爱神生意盎然，
在此之前，他一直在沉闷的卧室里睡眠：
一醒来就忙着整理他那把放浪形骸的羽毛大剪，
同时也将那些致命的箭簇装备齐全。

因为现在是生机勃勃的春天
春神已经准备好前来迎接小爱神的赏脸：
并预告大地让百花争奇斗艳，
编起一件儿五彩斗篷来将她装点。

那么，你这朵美丽的花儿，清凌凌的青春降临你，如雨露一般，
请你做好准备，好好款待新的爱恋。

解析： 这首诗写于新年第一天（伊丽莎白纪元 5 月 25 日），诗中将新与旧，冬与春，以及生与死做了一番对比。聚焦于整个世界除旧迎新这一大氛围之中，诗人便能轻而易举地搭台唱戏，以期点燃心仪姑娘对他产生热恋之火。斯宾塞在这首诗中似乎援引了旧约《所罗门之歌》（第二章）中的内容。所以诗中基督的内涵不可避免。大地穿上了百花衣，象征教堂用耶稣基督，殉道者，以及圣徒之"花"装点自己。这个内涵可以直接在圣经《旧约·以赛亚书》的《救赎篇》中找到依据。其中说他被派往"宣告耶稣基督之……年和我们上帝的复仇之日，以告慰所有哀者。"新年第一首诗字里行间无不渗透着救赎预言和让教堂做好准备的召唤。

Sonnet 5

RVDELY[1] thou wrongest my deare harts desire,
In finding fault with her too portly[2] pride:
The thing which I doo most in her admire,
Is of the world unworthy most envide[3].

For in those lofty lookes is close implide[4],
Scorn of base things, and sdeigne[5] of foule dishonor:
Thretning rash eyes which gaze on her so wide[6],
That loosely they ne[7] dare to looke upon her.

Such pride is praise, such portlinesse is honor,
That boldned innocence beares in hir eies:
And her faire countenance, like a goodly banner,
Spreds in defiaunce of all enemies.

Was never in this world ought[8] worthy tride[9],
Without some spark of such self-pleasing pride.

注释： 1. rudely: 粗暴地。

2. portly:（建筑等）庄严的，堂皇的；宏伟的，华贵的。

3. envied: 遭世人妒忌的。

4. implide: 包含的。

5. sdeigne: 轻蔑，鄙视，藐视，瞧不起。

6. wide: 无限制地，不受约束地；自由地。

7. ne: 不

8. ought: 任何事［物］，什么事［物］。

9. tride: 试图，试验，测试。

第五首

你粗暴地屈枉我满心的渴望与希冀。
对我心爱的美人那傲霜凌雪的自大百般挑剔：
世人尽皆觊觎的那些无用之物她根本不放在眼里，
可她身上那种傲娇作态恰是最令我顶礼膜拜的东西。

因为那种傲慢的神色中隐含着对种种俗不可耐之物的揶揄，
也暗藏着对卑鄙亵渎的震慑之意：
那些孟浪的眼睛太莽撞，太轻率，滴溜溜地盯着她看，满是诧异，
而她的傲岸眼神，可让这些猥琐的眼睛生不出看她的勇气。

这种凌傲该赞，这种自大该誉。
拔山盖世的天真无邪就在她的眼底：
她那张闭花羞月的面庞就好像是一面鲜艳无比的锦旗，
舒展开来抵御所有劲敌。

若是没有几分这种悦己式的傲慢无礼，
就无法检验红尘中的珍奇。

解析：　诗中的说话人为自己心仪女子的傲慢做辩护。他这样说道：她那"清高的神情"表明她心高气傲，志存高远，傲睨一切。诗人在结尾处争辩：她的骄傲是一种自然天成的特质，这种特质在世间任何一种东西里都是值得追求的。

Sonnet 6

BE nought¹ dismayd that her unmouéd mind,
Doth still persist in her rebellious pride:
Such loue, not lyke to lusts of baser kynd,
The harder wonne, the firmer will abide.

The durefull² Oake whose sap is not yet dride
Is long ere it conceive the kindling fyre:
But when it once doth burne, it doth diuide³
Great heat, and makes his flames to heauen aspire.

So hard it is to kindle new desire,
In gentle brest, that shall endure for euer:
Deepe is the wound that dints the parts entire⁴
With chast affects⁵, that naught but death can seuer.

Then thinke not long in taking litle paine
To knit the knot, that euer shall remaine⁶.

注释：　1. nought: (什么也) 没有，没有什么东西 [什么事]，什么东西 [什么事] 也不……。

2. durefull: 也许是 "耐久的，持久的" 之义，但却 "困难的，难对付" （橡木木质紧，燃烧起来很慢）。

3. divide: 发出。

4. entire: 留下令人震撼的印象。

5. affect: 想要，渴望，希望 (做某事)。

6. remaine: 婚姻。

第六首

她心意不改，依然固守着那股子执拗的倨傲得意，
你大可不必为此灰心丧气：
这种爱不像那种低级趣味的肉欲。
越难得到的爱越石渤海枯，矢志不移。

橡木具有相当长的生长期
难以干竭的树液一直裹在树皮里，
可一旦火苗点燃，便会火光四起，
散发出毁天灭地的热力。

因此，点燃新的爱火不容易，
很难让爱火永远燃在温柔的胸膛，不离不弃：
情殇用纯情在心中留下深深的烙印那股子海枯石烂的强力冲击，
除了死，没有什么能将其隔离。

所以，在确立婚姻关系这件事儿上，别总奢望能花费举手之劳
打出的同心结，便可换来天地合，才敢与君绝。

解析： 说话人详细阐明了第五首诗中警句的含义。他解释了为何最难赢得的奖赏最有价值。诗人用一棵橡树打比方。
橡木是很难砍下来做柴火的。可一旦烧起来，持续燃烧的时间很长，且很旺。就像持之以恒、费尽心力砍得
橡木柴火一样，通过艰苦卓绝与持之以恒的锲而不舍赢来与心仪姑娘的天长地久也是很有价值的珍宝。

Sonnet 7

FAYRE eies, the myrrour of my mazéd[1] hart,
What wondrous vertue[2] is contaynd in you
The which both lyfe and death forth from you dart
Into the obiect of your mighty view[3]?

For when ye mildly looke with lovely hew[4],
Then is my soule with life and love inspired:
But when ye lowre, or looke on me askew
Then doe I die, as one with lightning fyred.

But since that lyfe is more then death desyred,
Looke ever lovely, as becomes you best,
That your bright beams, of[5] my weak eyes admyred,
May kindle living fire within my brest.

Such life should be the honor of your light,
Such death the sad ensample[6] of your might

注释：　　1. mazéd: 使惊奇，使吃惊。也有置于迷宫之意。反省或冥想。中世纪写情诗的诗人很喜欢写镜子。

　　　　　2. virtue: 力量。

　　　　　3. view: 人们相信目光是从眼睛里发出的，而且对所看到的对象产生影响；故而诗人把人的一瞥比作箭或闪电。

　　　　　4. hew: 外貌，外观。

　　　　　5. of: 被，由。

　　　　　6. ensample: 例子，范例。

第七首

美丽的明眸哟，你们是镜子，将我的痴情之心反映，
你们究竟蕴含着何种令人惊叹的大能？
那一束束箭簇既能射出死，也能射出生，
将你那风行电击的目光所看到的对象射中？

因为，当你柔和的眼神中饱含脉脉温情，
就能用爱情和生命激发我的魂灵：
可当你垂眉免顾又者侧目，朝我那么一瞥一盯，
我便像遭到电光火石袭击的人一样，立刻死得僵硬。

但是，与死相比我更想生，所以，我乞请，
乞请你永远保持着那可爱的眼神，那眼神与你最相应。
我这双弱不堪言的眼睛最崇拜的就是你眼中那灿若星辰的耀眼光明。
那明辉能点燃熊熊炎火于我心。

这种生，该是你那明辉的光荣，
这种死，是你那神奇大能的坏典型。

解析：　这首诗聚焦于心仪女子的双眸。这个形象在《爱情小唱》后面的诗中反复出现。她的双眼射出的不仅有生命之光，也有死亡之光。因为她满意的注视能够激发他爱她，而当她的双眼里射出刺目的雷电之光时，则会从情感上毁灭他。诗人在结束语中说到：她的注视中能够给予生命的一面是"她光的荣典"，而那种致命的眼神则是"她那神奇大能的坏典型"。

Sonnet 8

MORE then most faire, full of the liuing fire
Kindled aboue unto the Maker[1] neere:
No eies, but joyes, in which al powres conspire,
That to the world naught else be counted deare.

Thrugh your bright beams doth not the blinded guest,
Shoot out his darts to base affections wound[2];
But Angels come, to lead fraile mindes to rest
In chast desires on heauenly beauty bound.

You frame my thoughts, and fashion me within,
You stop my toung, and teach my hart to speake,
You calme the storme that passion did begin,
Strong thrugh your cause, but by your vertue weak[3].

Dark is the world where your light shinéd neuer;
Well is he borne that may behold you euer.

注释：　　1. maker：上帝。

2. wound：这里的措辞比较模糊。意思是爱神丘比特通过女子的眼睛射出一簇簇伤人的爱之箭，形成强烈的
欲望。

3. weak：因为她而引起的情感风暴很强烈，但却被她美德的力量减缓。

第八首

你们比最漂亮的眼睛更明亮，充满生机勃勃的热火，
在点燃那热火之地的附近正是造物者：
你们不是眼睛，而是天上诸神合力而为的欢乐，
世间比之珍贵的东西没有一个。

若不是透过你那炯炯有神的目光，那个瞎眼的小家伙，
根本无法射出一簇簇爱箭，将卑贱的意中人俘获；
可天使们前来把被小爱神爱箭射伤的人领到圣美的香丘仙国，
那些伤者很虚弱，天使们让他们在纯洁无暇的情愫中憩卧。

你铸造我的内质，并将我千丝万缕的思念宣说，
你教会我的心倾诉，尽管你堵住了我的唇舌，
激情搅动狂风暴雨，但却是你让滔天巨浪得以缓和，
情因你炽盛，而你神奇的大能又让它变得衰庸阘懦。

没有你的光辉耀，红尘俗世黑得像黑漆漆的墨；
能一直见到你的人，脱生得更好、更健硕。

解析：　这是一首新柏拉图式十四行诗，采用的是莎士比亚体韵式。好像是诗人去爱尔兰之前创作的一首诗，所以原本不是写给自己的意中人伊丽莎白·博伊尔的情诗。这种循环利用自己作品的现象在文艺复兴时期很普遍。上一首诗中谈到的心上人的明辉在这里被用来显示说话人对心仪女子抱有何等希望。诗人直接对她说话。告诉她，她的明辉如何阻止他的舌头，但却"教会他的心说话"；她就是这些诗的灵感，而写下这些诗则是他一种表达对她一片痴情的方式。说话人认为她的明辉是万能的，因为"没有你的明辉照耀的世界漆黑如墨，一直能看到你明辉的人脱生得更好。"

Sonnet 9

LONG-WHILE I sought to what I might compare
Those powrefull eies which lighten my dark spright,
Yet find I nought on earth to which I dare
Resemble[1] th'ymage of their goodly light.

Not to the Sun: for they doo shine by night;
Nor to the Moone: for they are changéd neuer;
Nor to the Starres: for they have purer sight;
Nor to the fire: for they consume not euer;

Nor to the lightning: for they still[2] perseuer[3];
Nor to the Diamond: for they are more tender;
Nor unto Christall[4]: for nought may them seuer[5];
Nor unto glasse: such basenesse mought[6] offend her;

Then to the Maker selfe they likest be,
Whose light doth lighten[7] all that here we see.

注释: 1. resemble: 比作。

2. still: 一直，总是。

3. persever: 继续。

4. christall: 钻石。

5. sever: 断裂。

6. mought: 可能，会。

7. lighten: 照亮，照明。

第九首

那双照亮我阴郁之心的美眸哟，多么炯炯有神、多奇妙！
我久久找寻能和它们相提并论的东西，想拿来与之比较，
一找到类似模样的玩意，就拿来对照，
然而，胆敢与它们一比高低的东西我却一样儿都找不到。

太阳不行：因为太阳晚上不出来，可它们即使在夜晚依然星眸微，百媚皎，
月亮不行：因为月亮总是在变，但它们永守节操；
星星也不行：因为它们比星星更明艳姣好；
火不行：因为火会灭，但它们永远都在燃烧；

闪电比不上：因为闪电没有它们的不屈不挠；
钻石也比不上：因为钻石质硬，但它们却脉脉含情、更能把人心撩；
水晶比不上：因为没有任何东西能将其折拗；
玻璃比不上：因为这种下品俗物会损伤它们的美貌；

这样一来，只有造物主本尊才算得上与她酷似神肖，
正是祂的光，将我们在世间所看到的一切照得明辉昭昭。

解析：　这首诗很明显分为三大块：第一块亦即第一节，提出问题，第二块亦即第二节，剖析问题，第三块亦即第三节，
提出解决方案。第一节中陈述了一个这样的问题：他感觉自己心仪女子那对儿眸子具有磁铁一般的吸引力，
能够"照亮他昏暗的心灵"。诗人在这里运用神圣对世俗，自然天成的天物对人工创造的俗物这种矛盾冲突法，
目的是为了强调眼睛的独一无二性，因为能够与其形成值得一比高低的隐喻之物是不存在的。

Sonnet 10

UNRIGHTEOUS Lord of loue[1], what law is this,
That me thou makest thus tormented be:
The whiles she lordeth in licentious[2] blisse
Of her freewill, scorning both thee and me.

See how the Tyrannesse doth joy to see
The huge massàcres which her eies do make:
And humbled harts brings captiues unto thee[3],
That thou of[4] them mayst mightie vengeance take.

But her proud hart doe thou a little shake,
And that high look, with which she doth comptroll[5]
All this worlds pride, bow to a baser make[6],
And al her faults in thy black booke enroll.

That I may laugh at her in equall sort,
As she doth laugh at me, and makes my pain her sport.

注释: 　1. love: 这里指统治者和立法者丘比特。恋人质问爱神为何允许她的搅乱（人心）之举。

　　　　2. licentious: 无法无天的。

　　　　3. thee: 像古代的勇士，女子将自己爱情的猎获物（即恋人的心）拿来献给爱神丘比特。

　　　　4. of: 对，对着，冒着；反对，敌对，逆。

　　　　5. comptroll: 统治，操纵。

　　　　6. make: 伴侣，配偶。

第十首

这是什么道理啊，司管爱情的神？你实在是有失偏颇。
让她随心所欲，在飞扬跋扈的极乐中称孤道寡、威福并作，
但却让我如此这般倍受折磨：
她不仅嘲笑你，也藐视我。

你看看这个女暴君何等乐淘淘，喜滋滋地观摩，
观摩她的双眼将大批人宰割：
将一颗颗被挫败锐气的心俘获，
然后交与你，让你痛快地宣泄你的复仇之火。

请你让她的傲慢心稍稍受受挫，
她用那种欺霜傲雪的眼神儿操纵整个人世间的自大自得，
请你让它对卑微者表现出一丝唯唯诺诺，
她的一个个过错你都要一个不漏地统统记录在你的黑名册。

这样，我也可以其人之道还置其人之身，嘲笑这位娇娥。
就像她嘲笑我，拿我的痛苦来取乐。

解析：　　这首诗是诗人基于彼特拉克第一百二十一首十四行诗创作而成。斯宾塞在"暴政"和"暴力"这两个概念上附加了暗喻之义。也是诗人在《爱情小唱》中第一次公开批评心仪女子的诗。诗人称她"女暴君"，心仪的女子以给爱她的人（尤其是他自己）带来痛苦为乐，这种做法让他十分痛惜。他召唤"爱神"动摇她"傲慢的心"，尽管说话人是说给上帝听，还是说给爱的化身，比如丘比特听，这一点不是很清楚，但他祈祷能有一种惩罚女子的办法能让他嘲笑她，就像她"嘲笑我，拿我的痛苦寻开心"那样。

Sonnet 11

DAYLY when I do seeke and sew[1] for peace,
And hostages' doe offer for my truth[2]:
She cruell warrior, doth her selfe address,
To battell, and the weary war renew'th[3].

Ne wilbe mooved with reason or with rewth,
To graunt small respit to my restlesse[4] toile:
But greedily her fell[5] intent poursewth[6],
Of my poore life to make unpittied spoile.

Yet my poore life, all sorrowes to assoyle[7],
I would her yield[8], her wrath to pacify:
But then she seekes, with torment and turmoyle,
To force me liue, and will not let me dy.

All paine hath end, and euery war hath peace,
But mine no price nor prayer may surcease[9].

注释:　　1. sew: 请求。

2. truth: 忠诚。恋人像一个手下败将, 向心仪的女子奉献人质抵押以担保协定或条约。

3. rewth: 同情。

4. restlesse: 不停地。

5. fell: 残忍的。

6. poursewth: 追求。

7. assoyle: 释放。

8. yield: 恋人把自己的命交到心仪的女子手上。

9. surcease: 停止; 中断; 暂停。

第十一首

我日复一日寻寻觅觅，寻求弥合我俩之间分歧的途径，以求和平。
为表冰心一片，我还把一件件抵押品向她拱手上呈：
可她却冷酷而又无情，
断然宣战，于是乎，复又开始一场令人厌倦的战争。

可怜巴巴乞求行不通。跟她讲道理嘛，简直就是秀才遇到兵。
她一点儿不给我喘气的机会，整得我苦心劳形：
而她只将她那一腔贪得无厌的坏心眼执行，
毫不怜惜地糟蹋我这条可怜兮兮的小命。

为解痛苦忧伤，让她消消气气，镇镇静静，
我心甘情愿豁出我这条命来向她投诚：
可是她却在鸡蛋里挑骨头，又是瞎嚷嚷，又是刑讯逼供，
逼我活着，不许我赴黄泉，入坟茔。

有战必有和，所有痛苦都会停，
可我的痛苦无法结束，无论我花代价还是祈请。

解析　　说话人在这首诗里运用战争意象来比喻他的热恋和她的拒斥。他声称自己天天"求和"，并向她上呈一个人
　　　　质做抵押，但她却继续战斗。他将她刻画为勇士，并将自己的命当作她的战利品。他想和她讲和——讲和
　　　　需要她向他表白——但她拒绝承认自己对他抱有好感，以此来继续维持"疲惫不堪的战争"。诗人运用反语
　　　　修辞法来描写她对他的情愫做出让步，就像他自己的投诚一样，而她一再拒绝他的反复表白是一种攻击行为。

Sonnet 12

ONE day I sought with her hart-thrilling[1] eies,

To make a truce, and termes to entertaine[2]:

All fearlesse then of so false enimies,

Which sought me to entrap in treasons traine[3].

So as I then disarméd did remaine,

A wicked ambush, which lay hidden long

In the close[4] covert[5] of her guilefull eyen,

Thence breaking forth, did thick about me throng,

Too feeble I t'abide the brunt[6] so strong,

Was forst to yeeld my selfe into their hands:

Who me captiving streight[7] with rigorous wrong,

Have ever since me kept in cruell bands.

So, Ladie, now to you I doo complaine,

Against your eyes that justice I may gaine.

注释: 1. hart-thrilling: 打动人心的。

2. entertaine: 条约谈判。

3. traine: 叛逆的诱惑。

4. close: 隐秘的。

5. covert: 灌木丛。

6. brunt: 突击, 猛袭, 猛攻。

7. straight: 紧紧地。

第十二首

有一天，我请求和她那双撩我心怀的双眼，
签订停火协议，快活一番：
那对儿不怀好意之敌很大胆，
想方设法用背信弃义做诱饵，给我下套，将我构陷。

那时候，我已经放下武器，赤手空拳。
可一队恶劣的伏兵埋伏了很长很长时间，
就藏在她那双狡诈的美眸中一处深不可见的伏击点，
它们从那里冲出来，在我四周绕成一圈。

当时敌强我弱，在那种形势下我压根儿无力恋战，
迫不得已，只好束手就擒，投降服软：
可它们却毫不留情，把我收监，
而且还将我五花大绑，捆得我无法动弹。

因此上，女王，我现在要向你提出申诉，鸣冤，
请给予你的双目正义的审判。

解析： 在这首诗中，说话人延续了第十一首诗中用过的战争喻象。这一次，他将自己刻画成一个被一队"伏兵"俘
获的俘虏，并且放下武器，以求能和她那双"刺穿心房的眼睛"签订停战协定。他投诉她的眼睛在俘虏他的
时候犯了变节谋反罪，而且还在他最易受伤的时候，残忍地用绳索将他"五花大绑"。他向她讨要说法，要
求她主持公道，即向他表明心迹。

Sonnet 13

IN that proud port[1] which her so goodly graceth,
Whiles her faire face she reares vp to the skie:
And to the ground her eie-lids low embaseth[2],
Most goodly temperature[3] ye may descry,

Myld humblesse mixt with awfull[4] maiesty,
For looking on the earth, whence she was borne[5]:
Her minde remembreth her mortalitie:
What so is fayrest shall to earth returne.

But that same lofty countenance seemes to scorne
Base thing, and thinke how she to heauen may clime:
Treading downe earth as lothsome and forlorne[6],
That hinders heauenly thoughts with drossy[7] slime.

Yet lowly still vouchsafe to looke on me,
Such lowlinesse shall make you lofty be.

注释:　　1. port: 态度，举止，风采，姿态。

2. embaseth: 降低，减弱。

3. temperature: 最简单的意思是指人身上几种素质的混合体，即理性的心和行为举止。

4. awfull: 可怕的；有威严的，使人敬畏的。

5. borne: 她是亚当的后代，用泥做成。

6. forlorne: 暗指被抛弃和失去之义。

7. drossy: 不纯洁的，掺假的。

第十三首

当她高高抬起那张闭月羞花，沉鱼落雁的脸。
那副傲岸的骄矜做派为她平添了几分清丽冷艳：
而当柳眉低垂，星眸微转时，又是多么温婉，
那无与伦比，楚楚动人的模样正是你所见。

谦和中兼有令人敬畏的懔懔威严，
因为当她盯着自己出生的地方——大地，看，
她便将自己那必死的命运牢记心间，
尘必归尘，土必归土，再美轮美奂的尤物殊品也要在轮回中辗转。

但那目空一切的神气仿佛藐视卑贱，
同时在想如何才能成为天界的神仙：
踩在脚下的土地好讨厌，
因为正是这杂土将一个个纯洁超凡的思想阻断。

可我还是想请你屈尊垂顾，谦和地看上我一眼，
因为这种谦和会让你变得更高贵一点。

解析： 说话人又回到抱怨意中人傲慢的主题上，再一次寻求机会对她"清高的做派"释罪。对她傲睨一切、高高抬
起的脸做了如此解释：她那张仰视碧天的脸屈尊垂顾俗世，提醒人们她"温良的谦恭中兼有王者的威风"。
她那样做是在回忆生她、也是她归属的地方。她仰视碧穹是一个信号，表示她聚焦的是更重要的东西，这种
东西是"令人恶心的凄凉的"尘世给不了的。最后两行警句将听众改为意中人自己，请求意中人垂顾他，因
为这种"屈尊垂顾能够让你变得高尚"。比如：倘若她能通过记住给予自己生命的红尘，这种谦恭秉性能够
证明自己高高在上，那么谦逊地注意一下这个红尘中爱她的人则会将她抬得更高。

Sonnet 14

RETOURNE agayne, my forces late dismayd,
Unto the siege by you abandoned quite:
Great shame it is to leaue, like one afrayd,
So fayre a peece[1] for one repulse so light.

Gaynst such strong castles needeth[2] greater might,
Then those small forts which ye were wont belay[3],
Such haughty mynds, enured to hardy[4] fight,
Disdayne to yield unto the first assay[5].

Bring therefore all the forces that ye may,
And lay incessant battery to her heart,
Playnts, prayers, vowes, ruth, sorrow, and dismay,
Those engins can the proudest loue conuert[6].

And if those fayle, fall downe and dy before her,
So dying liue, and liuing do adore her.

注释: 1. peece: 城堡。

2. needeth: 需要。

3. belay: 围，包围，围困，围攻。

4. hardy: 大胆的，果敢的。

5. assay: 袭击，攻击。

6. convert: 翻转。

第十四首

卷土重来吧，我先前用过的那些个被挫败的举措！
重整旗鼓，再度发起你们几乎放弃围攻的城郭。
遭到如此小小的打击，便像被唬住的人一样仓皇逃脱，
放弃如此一个闭月羞花的尤物，最可耻不过。

这次围攻有别于你惯于围攻的小堡垒一座。
攻破这种不屈不挠的冷傲心房需要排江倒海之势方可，
对于大胆的攻击，冷美人一般习惯于面缚衔璧，乖乖弃甲投戈。
她们一般不会遭受轻轻一击就服软示弱。

所以，你们大可不遗余力，豁出命来，再战一个回合。
不间断地用火力猛攻她的心窝。
你们要长吁短叹装可怜，再用上祈求发愿与抱憾、扼腕、错愕，
要多管齐下，这样才有可能改变这位欺霜傲雪的娇娥。

要是这些战术都没有效果，
那我就倒在她脚下，苟延残喘，活着爱她，对她恋恋不舍。

解析： 诗人对意中人各种容貌特征的看法在这首诗中得到固化，并为其提供了一个可用以识别的对象——城堡。诗人排兵布阵，围剿城堡。在这种情形下，意中人是城堡，他的爱是攻击者。就像战场上的将军，说话人给他的军队做了一场鼓舞士气，提高斗志的演讲。接着将军队编排为申诉军，祈祷军，发誓军，"悔恨"（挫败）军，忧伤军和灰心丧气军。这些都是他手下的王牌军。但是，如果他们都拿不下城堡，他还有一个能够发起最后一次攻击的预备军——"倒在她脚下，死在她面前，苟延残喘，活着倾慕她"。诗人将意中人的拒绝描绘成给他判死刑。这种修辞法已是第二次使用。但这里是指情感上的死亡，还是肉体上的死亡呢？这一点不是很清楚。很可能是指前一种，因为他希望自己能爱得死去活来。

Sonnet 15

YE tradefull merchants, that with weary toyle,

Do seeke most pretious things to make your gain:

And both the Indias[1] of their treasures spoile[2],

What needeth you to seeke so farre in vaine?

For loe! my loue doth in her selfe containe

All this worlds riches that may farre be found;

If saphyres, loe her eyes be saphyres plaine,

If rubies, loe! hir lips be rubies sound;

If pearles, hir teeth be pearles both pure and round;

If yuorie, her forhead yuory weene[3];

If gold, her locks are finest gold on ground[4];

If siluer, her faire hands are silver sheene[5],

But that which fairest is, but few behold,

Her mind, adornd with vertues manifold.

注释:　1. Indias: 指东印度和西印度。

2. spoile: 剥夺；掠夺。

3. weene: 祈使句式。把她的前额想成象牙。

4. ground: 大地，陆地，地面，地上。

5. sheene: 闪闪发光的。

第十五首

你们这些忙忙碌碌的商人哟，不辞辛劳，
寻找最珍贵的东西，来把自己的盈利额提高：
千里迢迢去东印度群岛和西印度群岛大肆夺攫宝。
可你们如此徒劳无益，不远万里又有什么必要？

人世间所有那些到天涯海角方可找得到的财富，你瞧，
其实都能在我心爱的人儿身上找到；
如果要蓝宝石，那就到她那双玲珑出自然的蓝眼睛里找。
若要红宝石，那就看她的朱唇，那带露花瓣一般的朱唇就像樱桃；

若是要珍珠，就看她那一颗颗洁白圆润的皓齿多么美妙；
若要象牙，她的前额恰似雪儿皎；
若要黄金，只须看她那一头金发飘飘；
若要白银，那就看她的芊芊玉指多么银光闪耀。

但她身上最美的特质没人看得见，
那就是点缀她那美好心灵的美德成千上万。

解析：　在这首诗中，诗人将意中人的美德与俗世间的财富做了一番对比。尤其是和商人们做交易的那些金银财宝做
比较。诗人没有将她的美貌描写得超越世间一切财富，而是用她每一个妩媚之处与一个特定的贵重物直接对
比。在这里，意中人的眼睛是蓝宝石，朱唇是红宝石，皓齿是珍珠，前额是象牙，秀发是纯金，玉手是白银。
但诗人最后说到，她身上最大的美点（也是没人看得到的最珍贵的宝藏）就是她那用所有美德装点的心灵。
尽管全诗用了最大篇幅描写她的身材美，但他认为她的心灵是她所拥有的最美的珍宝。

Sonnet 16

ONE day as I unwarily did gaze
On those fayre eyes my loves immortall light:
The whiles my stonisht[1] hart stood in amaze[2],
Through sweet illusion[3] of her lookes delight.

I mote[4] perceive how, in her glauncing sight,
Legions of loves[5] with little wings did fly:
Darting their deadly arrowes, fyry bright,
At every rash beholder passing by.

One of those archers closely[6] I did spy,
Ayming his arrow at my very hart:
When suddenly, with twincle[7] of her eie,
The damzell broke his misintended dart.

Had she not so doon, sure I had bene slayne,
Yet as it was, I hardly scap't with paine[8].

注释：　　1. stonisht: 使吃惊的，使惊讶的。

　　　　　2. amaze: 使为难，使迷惑；使伤脑筋；使混乱。

　　　　　3. illusion: 具有欺骗性的外表。

　　　　　4. mote: 能，可以。

　　　　　5. loves: 她的眼光中饱含"爱情小唱"。

　　　　　6. closely: 隐蔽地，偷偷摸摸地。

　　　　　7. twincle: 眯着眼看，眨眼。

　　　　　8. paine: 几乎没有逃脱。

第十六首

有一天，我不经意间凝目观，
注视我意中人那双顾盼微转的眼睛，它们就像日月星辰一样璀璨：
那动人的眼神用一个个令人陶醉的顾盼撒欢，
撒得我的心忘记跳动，驻足惊叹。

在她的左顾流盼中，我能看见，
能看见小爱神的军团那一对对儿小小的翅膀扑闪扑闪：
射出的一簇簇致命飞箭火热又灿烂，
把每一个冒冒失失看它们的过路人当成靶子练。

我偷偷地盯着其中一个射手看，
那个射手的箭正好悄无声息地瞄准我的心间：
这时，那个姑娘，也就是我的至爱，突然眨了一眨眼，
于是便将小射手那只瞄错靶子的箭簇折断。

如果她没有眨眼，我必命赴黄泉；
尽管如此，我还是没能幸免，故而我痛苦忧烦。

解析： 说话人回到苦思冥想意中人目光之险的主题。这次，他看到的是她的眼睛如何射出"长有双翼的爱之军团"，
他们的箭头直指（丘比特形象）每一个"经过她身边时轻率看她的人"。说话人也受到军团攻击，但攻击他
的是她眨眼。意中人折断了"他瞄错靶子的一瞥"。此外，说话人还带出了他那得不到回应的爱。他在诗中
对这一点进行了如此强化处理：诗人说道，倘若她没有折断射出的爱箭，"我肯定已经被杀，但即使那样，
我也很难避免痛苦"。而且痛苦和可能死亡的象喻被用来描绘他对意中人那份火热的至诚和因意中人没有回
应他的感情而产生的苦闷之情。

Sonnet 17

THE glorious poutraict of that angels face,
Made to amaze weake mens confuséd skil:
And this worlds worthlesse glory to embase[1],
What pen, what pencil, can expresse her fill[2]?

For though he colours could devize at will,
And eke his learnéd hand at pleasure guide:
Least[3], trembling, it his workmanship should spill[4],
Yet many wondrous things there are beside.

The sweet eye-glaunces, that like arrowes glide,
The charming smiles, that rob sence from the hart:
The lovely pleasance[5], and the lofty pride
Cannot expresséd be by any art.

A greater craftesmans hand thereto doth neede,
That can express the life of things indeed.

注释： 1. embase：贬低。

2. fill：充分地，完全地

3. least：唯恐，免得

4. spill：毁。

5. pleasance：惬意愉悦。也指一座绿树成荫，供人散步或歇息的花园。

第十七首

我的天使那如花似玉的娇颜
生来就是为了让技艺不精的平庸画师因无力刻画而手忙脚乱：
她那杏面桃腮暗淡了红尘世间那些一文不值的壮观。
究竟用什么样的画笔，用什么样的画法，才能将它极致的美充分表现？

尽管他能挥毫泼墨，随心所欲地进行色彩搭配，得心应手地涂染，
虽然他那匠心独运的手可以恣意操纵笔杆：
纵使他可凭借自己那出神入化的手艺挥洒自然，
但他心存忌惮，唯恐自己万一手一抖，笔一颤，结果毁掉许多闪光点。

她那眄视流盼的目光宛如一支支箭飞逝于悄悄然，
一颦一笑摄魂夺魄，娇媚又好看：
还有那令人陶醉的惬意和自恃的傲慢，
没有任何艺术手段能将其栩栩如生，淋漓尽致地表现于画面。

表现万物生命的鲜活感，
需要更高明的手法，手艺需得更精湛。

解析： 这首诗采用夸张修辞法刻画意中人那难以描绘的美。他用艺术家作隐喻，为心仪画像，但又提出"什么笔法，
什么画笔能充分地表达她的神韵？"的疑问。太多太多的事物都是"任何艺术形式不能表达的"：那甜美的顾盼，
那令人如痴如醉的微笑，那天真烂漫的快乐，甚至还有那"斗雪欺霜般的傲气"，都是一幅画所无法捕捉的。
说诗人最后说到：表达她的美德贞操需要"一只更匠心独运的手"——诗人也许暗示与一位听觉艺术家的手
两相比较，听觉艺术家诗意的声音更适合表达她的美。

Sonnet 18

THE rolling wheele, that runneth often round,
The hardest steele in tract of time doth teare:
And drizling drops, that often doe redound[1],
The firmest flint doth in continuance weare[2].

Yet cannot I, with many a dropping teare,
And long intreaty, soften her hard hart:
That she will once vouchsafe my plaint to heare,
Or looke with pitty on my payneful smart.

But when I pleade, she bids me play my part,
And when I weep, she sayes teares are but water:
And when I sigh, she sayes I know the art[3],
And when I waile, she turnes hir selfe to laughter.

So doe I weepe, and wayle, and pleade in vaine,
Whiles she as steele and flint doth still remayne.

注释: 1. redound: 使溢出，使泛滥，使涨满
    2. weare: 滴水穿石。
    3. the art: 情场老手。

第十八首

滚动的轮子在上面一圈圈地碾，来来回回往返不停。
时间一久，即使钢板也会被碾出裂缝：
小小的水珠只要一直不间断地叮当叮，叮当叮，
最终也能把燧石滴穿，即便燧石最硬。

然而，尽管我久久两泪纵横，可怜分分地哀求乞请，
却没有办法软化她那颗铁石般的魂灵：
我戚戚哀诉，可她从来都不曾纡尊降贵听一听，
看都没有看一眼我的伤口，对我没有表现出一丝一毫的怜悯同情。

我求她时，她向我下达"要恪守本分"的命令。
我哭的时候，她说那是水流出我的眼睛：
我叹气，她说我门道很精，
我恸哭流涕，可她却只是发出咯咯咯咯的大笑声。

所以，无论我痛苦哀叹、悲号，还是泣诉，都是白费功夫，百无一用，
她就像钢板，像燧石，丝毫不为所动。

解析：　在这首诗中，诗人悲叹意中人的铁石心肠。他注意到岁月最终会磨损万物的表面：滚动的轮子最终会滚裂钢板，
雨水最终会滴穿"燧石"；然而，他坚持不懈，想要软化意中人心肠的努力却是枉然。她现在甚至到了乐于
拿他的痛苦寻开心的程度：他哀求她时，她命令他"恪守本分"，他哭的时候，她说他的眼泪只是寡然无味
的水；他唉声叹气时，她断言他是"情场老手"（逢场作戏）；而当他嚎啕大哭时，她竟开始大笑。诗人得
出的结论是：随他苦苦哀求，还是痛哭流涕，意中人都像钢板和燧石一块，岿然不动。时间根本不会帮他突
破意中人的心理防线。

Sonnet 19

THE merry cuckow, messenger of Spring,
His trompet shrill hath thrise already sounded:
That warnes al louers wayt upon their king[1],
Who now is comming forth with girland crounéd.

With noyse whereof the quyre[2] of byrds resounded
Their anthemes sweet, deuizéd of Loues prayse,
That all the woods theyr ecchoes back rebounded[3],
As if they knew the meaning of their layes.

But mongst them all, which did Loues honor rayse
No word was heard of[4] her that most it ought[5],
But she his precept proudly disobayes,
And doth his ydle message set at nought.

Therefore, O loue, unlesse she turne to thee
Ere cuckow end, let her a rebell be[6].

注释: 　1. king: 爱神丘比特。
　　　2. quire: 合唱，和鸣。
　　　3. rebounded: 婚颂的叠句。
　　　4. of: 从，自。
　　　5. ought: 对……负有（义务、债务等），受有……的恩惠，欠。
　　　6. rebell be: 合法地公开宣称是违抗爱神丘比特之命的叛逆。

第十九首

快活的布谷鸟—春的信使，
已把那穿云裂石般高亢嘹亮的喇叭吹过三次：
预告恋人们去将他们的国王去迎候服侍，
国王在来的路上。王的头上戴着一顶花冠做装饰。

百鸟唧唧复唧唧，啁啾鸣啭，萧萧如斯，
那一曲曲优美动听的赞歌是献给爱神的赞词，
一座座郁郁葱葱的森林发出共鸣，应和唱诗，
它们仿佛听懂了赞歌中蕴含的意思。

爱神的荣耀是它们那些赞歌称颂的主旨，
然而对那个最应该众口交赞的她却未有只字。
她很傲慢胆敢违抗爱神的训示，
嘲笑他的消息，压根儿没把爱神的训示当回事。

啊，爱神！除非她能在布谷鸟唱完之前皈依你，成为你的门下弟子，
否则的话，就用叛逆之名以冠之。

解析： 在这首咏春诗里。"快乐的布谷鸟"唱歌时好像一个吹起号角，召集忠诚的臣民面见国王的号手。因为是春天，
"忠贞不渝的主体"自然是恋人们，但有一个人却拒绝服从召唤：那个人就是诗人心仪的姑娘。相反，她"桀
骜不驯地抗命"；说话人供述她是一个"叛乱分子"。在这里，诗人将春天的爱设为万物的自然秩序，同时
也是诗人想要的秩序，女子拒绝回应他的感情的举动被视作不自然的现象，是一种违反自然规律的行为。

Sonnet 20

IN vaine I seeke and sew[1] to her for grace,
And doe myne humbled hart before her poure:
The whiles her foot she in my necke doth place,
And tread my life downe in the lowly floure[2].

And yet the lyon, that is lord of powre,
And reigneth ouer euery beast in field:
In his most pride disdeigneth to devoure
The silly lambe that to his might doth yield[3].

But she, more cruell and more saluage wylde,
Then either lyon or the lyonesse:
Shames not[4] to be with guiltlesse bloud defylde,
But taketh glorie in her cruelnesse.

Fayrer then fairest, let none euer say,
That ye were blooded in a yeelded pray[5].

注释： 1. sew：请求。

2. floure：地板，地面。

3. yield：以前人们认为狮子是高尚的动物。恋人把自己比作傻乎乎的羔羊。

4. not：不害臊的。

5. pray：只有糟糕的捕猎者才会杀死一个已经投降的猎物。

第二十首

我寻找时机以期能见上她一面，然而却是徒劳一场，
我向她敞开心扉，表白我愿意归顺投诚的衷肠：
可是，她却把她的玉足踩在我脖子上，
而且还把我的命踩在脏兮兮的地上，踩得我命若悬丝一样。

狮子尽管力大无穷，傲居百兽之王，
所有野兽的命都捏在它的手掌：
纯真无邪的小羊羔向它俯首系颈，屈从投降，
可它的傲气使它不屑去吞掉那毫无反抗之力的小羔羊。

要是让她跟一头公狮或母狮来一番较量，
她肯定比它们更野蛮，更残忍异常：
她不仅不知羞耻，丝毫不感到有愧于用无辜的血气将自己弄脏，
反而把自己的残忍暴虐和冷酷无情当成无上的荣光。

风华绝代的美人哟，莫让别人这么讲
讲你浸润在归降者的鲜血中，将自己滋养。

解析： 在这首诗中，说话人对心仪女子罪恶滔天的铁石心肠进行了一番谴责。一开始，他将自己比作一个向女子投诚的敌人或牺牲品，只可惜女子竟把脚踩在他的脖子上——以如此方式，在他最脆弱的时候羞辱他，伤害他。接着又呈现出"力量之王"——一头狮子的意象（第五行）。即使狮子这样嗜血的百兽之王也会拒绝将归服自己的羔羊生吞活咽。可他的意中人比百兽之王更残忍，更"凶猛野性"。她丝毫不以吞下无辜者的鲜血为耻。说话人在结尾处直接恳求意中人不要"让人把她说成身上沾满归降猎物之血的罪人：他已经投诚，承认了她的力量，故而她没有必要一再把他伤。

Sonnet 21

WAS it the worke of Nature or of Art,
Which tempred so the feature of her face:
That pride and meeknesse, mixt by equall part,
Doe both appeare t'adorne her beauties grace.

For with mild pleasance, which doth pride displace,
She to her loue doth lookers eies allure[1]:
And with sterne countenaunce back again doth chace
Their looser lookes that stir vp lustes impure,

With such strange termes her eies she doth imnure[2],
That with one looke she doth my life dismay:
And with another doth it streight recure[3],
Her smile me drawes, her frowne me driues away.

Thus doth she traine[4] and teach me with her lookes,
Such art of eies I neuer read in bookes.

注释：　1. allure: 诱惑见者的眼睛爱上她。

2. imnure: 使她的眼睛形成用法特别而又陌生的术语（字眼，又指谈判措词）。

3. recure: 恢复。

4. traine: 拉过去。

第二十一首

这究竟是大自然的鬼斧神工还是艺术雕琢？
让她脸上的神韵里兼有孤高骄矜和几分温婉平和：
使傲慢与温存平分秋色，
让二者共同来装点她的温柔，清雅，与婀娜。

取代高傲自大的是静淑喜乐，
把一个个看她的人的目光诱惑：
一旦激起他们放浪流淫的眼神中那股欲火，
又摆出一副威严相，假装严苛。

那双媚眼惯用的辞令哟，多冷漠！
她只消看一眼就能夺走我的魂魄：
再看一眼又让我魂归守舍，
她用蹙额把我拒于千里之外，却又用微笑吸引我。

就这样，她能用眼神教导我，给我上课。
这种眼神的艺术我在书中可从未读到过。

解析：　　说话人在这里提出一个疑问：为何她脸上兼有骄傲与温和？究竟是大自然的鬼斧神工还是艺术雕琢？可能是"女子脸上的妆容，外在修饰，或她有涵养的行为表现"让傲慢与谦和在她的脸上并具。他注意到意中人的眼神中有一种"温柔的欢愉"，但这种神韵很容易被傲慢取而代之。她的目光也有一种混合性的效力：一顾可让我灰心丧气，奄奄一息，二顾又可直接让我死去活来，神采奕奕。他发现两者并行不悖，却又对立。她目光中的百般美点难以协调统一，故而他听任自己承认她能"用目光向我施教，从书中我永远都读不到这种眼神的技巧"他的学识与研究无法帮他理解意中人身上那种混合美。

Sonnet 22

THIS holy season, fit to fast and pray,
Men to deuotion ought to be inclynd:
Therefore, I likewise, on so holy day[1],
For my sweet saynt some seruice fit will find,

Her temple fayre is built within my mind,
In which her glorious ymage placéd is,
On which my thoughts doo day and night attend
Lyke sacred priests that neuer thinke amisse.

There I to her, as th'author of my blisse,
Will builde an altar to appease her yre:
And on the same my hart will sacrifise,
Burning in flames of pure and chast desyre:

The which vouchsafe, O goddesse, to accept,
Amongst thy deerest relicks to be kept.

注释: 1. holy day: 圣灰星期三，四旬斋期的第一天。圣灰星期三，也称圣灰节，大斋首日，或次日，是基督教的
教会年历节期大斋期之始。大斋首日一定是礼拜三，因为耶稣是在礼拜三被出卖的。圣灰星期三当天，教
会会举行涂灰礼，要把去年棕枝主日祝圣过的棕技烧成灰，再涂在教友的额头上，作为悔改的象征。

第二十二首

在这神圣的四旬斋节里，做做斋戒，祷告很合适，
人们应该倾心于宗教敬拜，向神祝告，求福之事：
我也想在这样一个神圣的日子，
向神求得一个恰如其分，敬拜我那心爱的圣徒的仪式。

我心中建有一座她的圣寺，
里面供奉着一尊她的圣像，辉煌之至，
我日日夜夜用思念，怀想，和眷恋将她奉侍，
心无旁骛，就像一个虔诚的祭司。

是她为我带来福祉。
我想在那里为她建一座圣坛，将她的怒火息止：
我这片玉壶冰心哟，纯洁又诚挚，
我要让我的心燃烧在圣坛之上，将它当作献给她的祭祀：

啊，女神，请你收下我这痴情的奉祀，
留下它吧，将它作为你最珍贵的圣物之一视之。

解析： 这首诗创作于四旬斋节期间。诗人在这里将他对意中人的热恋比作信徒对神的爱。这首诗中值得注意的一点
是使用了非基督教这个形象化的描述（也许是诗人对当时罗马天主教宗教仪式提出的批评）；斯宾塞是女王
伊丽莎白新教的忠实信徒，因此也是教区中那些行为过激，在全英伦境内拒绝甚至捣毁非基督教信仰之作品
的一部分人。尽管他极力强调他的心坚持供奉在纯净又贞洁的圣火里，但他强硬地使用非基督教宗教理念来
描述他对伊丽莎白·博伊尔的爱，可能默认自己"用心不良"。

Sonnet 23

PENELOPE[1], for her Ulisses[2] sake,

Deuized a web her wooers to deceaue:

In which the worke that she all day did make

The same at night she did againe unreaue[3].

Such subtile craft my damzell doth conceaue[4],

Th'importune[5] suit of my desire to shonne[6]:

For all that I in many dayes doo weaue,

In one short houre I find by her undonne.

So when I thinke to end that[7] I begonne,

I must begin and neuer bring to end:

For with one looke she spils[8] that long I sponne[9],

And with one word my whole years work doth rend.

Such labour like the spyders web I fynd,

Whose fruitlesse worke is broken with least wynd.

注释：
1. Penelope：【希腊神话】彭妮洛佩；贞妇。彭妮洛佩是伊萨卡岛国国王奥德修斯的妻子。她在奥德修斯离开故乡前去参加特洛伊战争前不久生下一子，从此一直苦苦等了丈夫二十年，所以被视作忠诚和贞节的象征。
2. Ulisses：【罗马神话】尤利西斯（即希腊神话中的奥德修斯（Odyssus）；曾参加围攻特洛伊（Troy）城，智勇双全，亦为荷马史诗《奥德修记》（Odyssey）的主人翁。
3. unreaue：荷马史诗《奥德修记》中的主人公奥德修斯在丈夫出征在外期间，推脱所有求婚的借口是等她织好网以后就会从他们中间挑一个结婚，可她每天晚上都会把自己白天织的网拆掉。
4. conceaue：图谋；策划。
5. importune：坚持的，缠扰不休的
6. shonne：闪避，躲避。
7. that：……的。
8. spils：毁坏。
9. sponne：我花了很长时间编织的。

第二十三首

彭妮洛佩死心塌地爱着她的丈夫尤利西斯，
为了打发自己的追求者，她将一张网来织：
白天，她一直做着闭门织网的事，
晚上，又将自己白天所织的网来撕。

我心爱的姑娘如法炮制，
为了抵御我执着的追求，她采用了彭妮洛佩那种巧妙的方式。
织一张网要耗费我很多很多时日，
可我发现她拆一张网只需要一眨眼之时。

当我以为我着手的事情成功近在咫尺，
却又不得不从头再来，重新开始：
我花费九牛二虎之力编织的网却不敌一视，
我三百六十五天的努力竟然抵不过她的一个字。

我发现，我这种爱的徒劳和蜘蛛织网很相似，
只需一丝微风吹来，蜘蛛辛辛苦苦的成果就变得毫无价值。

解析：　诗人在这首诗中延续了前一首诗中运用过的非基督教比喻。
把自己和意中人之间那的关系与希腊诗人荷马名著《奥德赛》中著名的彭妮洛佩和奥德修斯之间的关系做对
比（奥德修斯亦即罗马神话中的尤利西斯）。第一节中讲的是奥德修斯参加特洛伊战争期间彭妮洛佩如何想
尽千方百计守忠的故事。
他的作品就像蜘蛛网一样：一阵风就能破。尽管知道这样做是徒劳无获，但却不知道还能做什么。他打心眼
里爱她，根深蒂固，就像生来将网织了又织的蜘蛛。

Sonnet 24

WHEN I behold that beauties wonderment,
And rare perfection of each goodly part:
Of Natures skill the onely complement,
I honor and admire the Makers art.

But when I feele the bitter balefull[1] smart,
Which her fayre eyes unwares[2] doe worke in mee:
That death out of theyr shiny beames doe dart,
I thinke that I a new Pandora[3] see.

Whom all the gods in councell did agree,
Into this sinfull world from heaven to send:
That she to wicked men a scourge should bee,
For all their faults with which they did offend.

But since ye are my scourge, I will intreat,
That for my faults ye will me gently beat.

注释:　1. balefull: 致命的。

2. unwares: 不知不觉的, 无意的, 无心的。

3. Pandora: 潘朵拉（Pandora, 也译作潘多拉）是宙斯用黏土做成的第一个女人, 作为对普罗米修斯造人和
盗火的惩罚。众神听从宙斯命令各给了女人一份礼物: 阿佛洛狄忒 (Aphrodite) 为她淋上令男人疯狂的激
素; 赫拉赐予她好奇心 (curiosity), 女神雅典娜 (Athena) 给了她无知 (not wisdom); 神的使者赫尔墨斯
(Hermes) 传授她语言的天赋, 即说谎的天赋 (the ability to telling lies); 宙斯赐给了这个女性名字"潘多
拉 (Pandora)"。(在古希腊语中, Pandora 含有 "all-gifted" – "because all the Olympians gave her
a gift"（具有一切天赋之意), 所以"潘朵拉"即"拥有一切天赋的女人"。)

第二十四首

我看到我的美人那神妙的美，宛如良苑仙葩，
她浑身上下都是那么完美无瑕：
我不禁发觉只有大自然才有这等手法，
于是，我对造物主的高超绝技，叹为观止，甚感羡煞。

她的美眸在我心上留下疤，
秋波无意间射出死亡之箭将我谋杀。
一旦我的内心感觉到刺痛，火辣辣，
我就以为我看到的是投胎转世，来到人间的潘多拉。

诸神一致同意将她
踢出天界，打入罪恶红尘，用作鞭子，来将世间那些罪恶的男人惩罚：
做恶的男人造孽，冥顽不化，
为了惩罚他们的一桩桩罪过，诸神派遣她来果断杀伐。

因为你是抽我的那根鞭子，故而我恳求鞭子殿下，
求你鞭挞我的时候，能够手下留情，慢点儿鞭，轻点儿挞。

解析：　说话人在这里思考的问题是意中人的"出身"——是谁把她生得这么美？他想为"赞美她的创造者，并向其技艺授勋颁奖"，但却发现她的美同时又给他带来痛苦悲伤。在这里，意中人的眼睛给他带来"死亡"，因此，他认为意中人实际上很可能是希腊神话中的第一个女人潘多拉投胎转世。诗人在这里引证的有关神话人物潘多拉的故事中，因为其中含有希腊诸神合议决定用一种恰当的方式惩罚男人的意义：为了达到惩罚罪恶男人的目的，希腊众神创造了第一个女人潘多拉，让她来给"恶劣的男人一个教训"。说话人看到自己成了新版潘多拉的特殊目标，于是不求她赦免，只求她能"从轻发落"。

Sonnet 25

HOW long shall this lyke dying lyfe[1] endure,

And know no end of her owne mysery:

But wast and weare away in termes[2] unsure,

Twixt feare and hope depending[3] doubtfully.

Yet better were attonce to let me die,

And shew the last ensample of your pride:

Then to torment me thus with cruelty,

To prove your powre, which I too wel have tride[4].

But yet if in your hardned brest ye hide,

A close[5] intent at last to shew me grace:

Then all the woes and wrecks which I abide[6],

As meanes of blisse I gladly wil embrace.

And wish that more and greater they might be,

That greater meede[7] at last may turne to mee.

注释：   1. lyfe：更像是奄奄一息地活着。

2. termes：条款。

3. depending：悬而未决的。

4. tride：体验过的。

5. close：隐秘的。

6. abide：经受（检阅、考验等）；经验，经历（变迁等）；遭受（苦难等）。

7. meede：报酬，酬劳，奖赏，酬金。

第二十五首

我不知道我这条奄奄一息的命要遭受的痛苦何时休，
要死死不了，要活活不成，这样还得撑多久：
就这样空耗着，在终期不定的状态下，我感觉心里空悠悠，
结局未料，半是希冀，半是担忧。

但最好是让我立刻千秋，
以此证明你的力量（这一点我早已经摸透）：
也好当作绝版楷模，将你傲岸之气的威力秀一秀，
那样总好过你这无情的虐囚。

可你的心硬得就像石头，
如果对我施恩的想法果真有：
那么，我所遭受的千辛万苦和痛苦哀愁，
我就只当作是自己为了最终的幸福所应该付出的代价，欣然领受。

但愿它们来得更猛烈，更浓厚，
这样一来，我就能得到更大的报酬。

解析： 这首诗延续了前一首诗中讨论过的鞭挞惩罚主题。诗人写到他的意中人对他处以刑罚——"残忍地……将他折磨"。他说自己命悬一线，"奄奄一息"，并想知道悬在"害怕与希望"之间这种刑罚他必须忍受多久。诗人心中存着一线希望，自我安慰道：意中人之所以拒绝接受他的感情，继续折磨他，是因为她有一个隐秘的意图，那就是"最终会赦免我"。如果他经受住所有痛苦和落魄之后获得满足，那么他会欣然接受一切的痛苦和落魄。实际上，诗人甚至已经到了如果最终的喜悦会成正比例地增加，那么就 "让痛苦和落魄来得更猛烈吧"的程度。

Sonnet 26

SWEET is the rose, but growes upon a brere[1];
Sweet is the Junipere, but sharpe his bough;
Sweet is the eglantine, but pricketh nere;
Sweet is the firbloome, but his braunches rough.

Sweet is the cypresse, but his rynd is tough,
Sweet is the nut, but bitter is his pill;
Sweet is the broome-flowre, but yet sowre enough;
And sweet is moly, but his root is ill[2].

So every sweet with soure is tempred still[3],
That[4] maketh it be coueted the more:
For easie things that may be got at will,
Most sorts of men doe set but litle store.
Why then should I accoumpt of litle paine,
That endlesse pleasure shall unto me gaine[5].

注释: 1. brere: 玫瑰（丛）。

           2. ill: 根呈黑色，花呈紫色的乳白色花。

           3. still: 一直，总是。

           4. that: 那个。

           5. gaine: 能够为我带来无尽快乐的活计。

第二十六首

玫瑰虽美，但却长在多刺的花茎上面；
杜松花虽美，可它的枝枝桠桠利又尖；
野蔷薇虽美，身上却被刺儿裹满；
枞树虽美，但枝杈却是那么丑陋不堪。

丝柏虽美，但皮太厚，叫人犯难，
坚果虽美，但果皮却涩不堪言；
金雀花虽美，也很酸，
野蒜花虽美，但是它的毒根却像砒霜一般。

甜中有酸，酸中有甜，
只有这样才不致令人垂涎：
易得之物攫取的时候大可自便，
然而，这种不费吹灰之力就能得到的东西绝大多数人都看不上眼。

要是吃苦能换来无穷无尽的欢愉和欣然，
那我现在吃的这丁点儿苦就什么也不算。

解析：　这首诗的主题是"梅花香自苦寒来"。诗人在这里对能够带来欢乐的痛苦进行了深度挖掘。通过把开在令人
不快的苗木上的鲜花进行编目，来阐明先苦后甜的概念。诗人接着推演到：为了最终能够赢得意中人的芳心，
获得无穷无尽的快乐，他愿意忍受一点儿痛苦。
斯宾塞着重强调了痛苦和障碍让生活更美丽这个观点。他相信玫瑰花之所以美是因为有刺这个逻辑。他或许
也相信玫瑰花上的刺象征着力量和张力。故而想用这个概念来论证没有痛苦就没有快乐这个道理。

Sonnet 27

FAIRE proud! now tell me, why should faire be proud,

Sith[1] all worlds glorie is but drosse uncleane:

And in the shade of death it selfe shall shroud[2],

How euer now thereof ye litle weene.

That goodly idoll now so gay beseene,

Shall doffe her fleshes borowd fayre attyre[3]:

And be forgot as it[4] had neuer beene,

That many now much worship[5] and admire.

Ne any then shall after it inquire,

Ne any mention shall thereof remaine:

But[6] what this verse, that neuer shall expyre,

Shall to you purchas with her thankles paine[7].

Faire, be no lenger proud of that shall perish,

But that[8] which shal you make immortall, cherish.

注释：　1. sith: ……以来，以后，自从……的时候起。

2. shroud: 衣服。

3. attyre: 她的美好形象，皮囊犹如租借来的衣裳，将来必然要脱下来。

4. it: 也许指没有性别的 Idoll。

5. worship: 尊敬；尊重；给与荣誉，给与……的光荣；以……为荣；

6. but: 除……之外。

7. paine: 辛辛苦苦为伊人赢得，但却得不到伊人感激的。

8. that: ……的。

第二十七首

冰美人哟，请你现在告诉我，美人为何都很傲气？
世间所有铅华都只是肮脏污秽的碎屑残渣而已：
而且必将被包裹在死神那幽暗无光的阴影里，
可如今你对此很不以为意。

漂亮的偶像眼下尽管看上去那么华丽，
引无数人赞慕，行参拜礼：
然而到最后终将脱下那身租借来的霓裳华衣，
并像没有存在过一样，被人彻底忘记。

到那时，不再有人问起，
不再有人提及：
但这首诗却会与世长存，永无绝期，
你虽不言谢，但我还是要写给你。

莫要再以那些必将腐朽之物自豪哟，美姬，
请珍惜那些让你流芳百世的东西。

解析： 在这首诗中，诗人又一次离开自怜诗的主题，转而责备意中人傲气十足的性格特点。他指出她的美
貌中参着傲慢，这种搭配毫无道理，因为"人世间所有铅华都只不过是污浊的浮渣"。"今天看起
来"即使美轮美奂的偶像最终也会被人忘记，就像"从来都没出现过一样"。既然如此，那么她怎么
才能永远貌美如花？答案就是第十一行中的"这首诗，将永垂不朽"。雕像，画像和肉体美都会褪
色衰老，会被毁灭，会被遗忘，但这首诗会长存，只要印刷术不灭，它将"让你永世流芳"。这样
一想，诗人复又自信满满，自信自己的诗具有精准捕捉并定格心仪之美的力量，而她的娇美姿色。
美是美，但却活不过他的诗。如果她以美貌自鸣得意，那她便应该接受他的感情，因为只有他的诗才能让她
的美亘古不变。

Sonnet 28

THE laurell leafe which you this day doe weare,

Guies me great hope of your relenting mynd:

For since it is the badg which I doe beare,

Ye, bearing it, doe seeme to me inclind[1]:

The powre thereof, which ofte in me I find,

Let it lykewise your gentle brest inspire

With sweet infusion, and put you in mind

Of that proud mayd, whom now those leaves attyre.

Proud Daphne, scorning Phoebus louely fyre,

On the Thessalian shore from him did flee:

For which the gods, in theyr revengefull yre

Did her transforme into a laurell tree.

Then fly no more, fayre loue, from Phebus chace[2],

But in your brest his leafe and love embrace[3].

注释:　　1. inclind：古时候，桂冠是胜利者佩戴的荣耀之冠。

2. chace：追求。

3. embrace：奥维德《变形记》中描述了达芙妮为摆脱福波斯的追求而变成月桂树的故事。达芙妮是河神的女儿，希腊诸神中最美的女神之一。达芙妮是一位妩媚动人的仙女。有一天，当她兴高采烈地在林中游玩时，发现太阳神福波斯用异常惊奇与饮慕的目光盯着自己。光芒四射的太阳使她害怕得飞跑起来。热切的太阳神紧随其后，因为她的美丽与优雅触发了他的激情。他惟恐这将是他们的最后一面。快步如飞的仙女拚命地奔跑，但情绪激昂的福波斯紧追不放。她越过旷野，穿过人迹罕至的树林，气喘吁吁地向她的父亲（河神）求救。于是河神将她变成一棵月桂树。太阳神唉声叹气地拥抱着树干，树干缩细了。为了表示他对仙女未泯的爱情，他将月桂树作为他最喜爱的树种，并决定将它作为一种对荣誉与威望的奖励，把它授予那些能写出流芳百世的诗歌的诗人。因此最杰出的诗人总希望获得桂冠诗人的尊号。

第二十八首

今朝你有月桂叶佩戴在身，这就给了我巨大的希望，
我希望你能拥有慈悲为怀的柔肠：
月桂叶是我佩戴的徽章，
你戴着它，仿佛有为了我而纡尊降贵的意向：

我常常在自己身上感受到它的力量，
冷美人哟，你既然能把月桂叶当霓裳，
那就让它也来软化软化你那铁石一般的心肠，
激发你的温情一往。

傲慢的达芙妮瞧不起太阳神福波斯那似火之情一腔，
为了躲他，她逃到萨利亚山岗：
诸神大怒，生出复仇之想，
将她变成一棵月桂树，长在萨利亚山上。

所以，美丽的姑娘，福波斯追求你，你就不要再躲藏，
要将他的月桂叶和爱留在你心房。

解析：　在这首诗里，诗人接着上一首诗中提振自信的节奏，婉转地提到关于太阳阿波罗和达芙妮的神话故事。达芙妮激起阿波罗的情欲，但却逃避阿波罗的追求，所以河神将她变成一棵月桂树。说话人看到意中人戴着月桂叶，正是这个举动给了他希望，他希望美女会为拒绝他的求爱感到后悔。诗人推测意中人的月桂叶与变成月桂树的达芙妮有关联。他希望这种装饰表明意中人心意有所改变。既然达芙妮因为轻蔑地拒绝了福波斯的感情才失去人性，那么他的意中人也有后悔拒绝说话人感情的可能。诗人在结尾处苦苦哀求到："别再逃避阿波罗的追逐，而要将他的月桂叶和爱拥在心中"。

Sonnet 29

SEE! how the stubborne damzell doth deprave[1]
My simple meaning with disdaynfull scorne:
And by the bay[2] which I unto her gave,
Accoumpts my selfe her captive quite forlorne.

"The bay," (quoth she) "is of the victours borne,
Yielded them by the vanquisht as theyr meeds[3],
And they therewith doe poetes heads adorne,
To sing the glory of their famous deedes."

But sith she will the conquest challeng needs[4]
Let her accept me as her faithfull thrall[5],
That her great triumph, which my skill exceeds,
I may in trump of fame blaze[6] over all.

Then would I decke her head with glorious bayes,
And fill the world with her victorious prayse.

注释：　　1. deprave: 曲解，误释，误译。

2. bay: 月桂枝。

3. meeds: 奖赏。

4. needs: 因为她必须宣称胜利。

5. thrall: 奴隶。

6. blaze: 宣布，公布，宣告，通告，公告。

第二十九首

看哪！这个倔强的姑娘如何嘲笑鄙夷，
曲解我对她的一腔真情实意：
我把一枚月桂叶送到她手里，
但她却据此将我视作俘虏，整得我凄凄惨惨，可怜分兮。

"月桂叶"（她说）"是胜利者们专属的东西，
是对他们得胜的奖励，
诗人们赋诗歌颂胜利者们的功绩，
故而，桂冠又被赋予一层装点诗人们头颅的意义。"

既然她要颠倒征服者与被征服者的关系，
那就让她收下我吧，收我做她诚实不欺的奴隶。
她大获全胜这点远远超出我的技艺，
我可以用喇叭在全天下广泛传播她的名气。

我想在她头顶放上一顶荣耀的桂冠，代表她的荣誉，
让歌颂她胜利的赞歌响彻寰宇。

解析：　这首诗延续了前一首诗中的月桂叶意象。只不过在这里，诗人将月桂叶送给了意中人。她收下月桂叶意味着说话人已经将自己变成了她"可怜的俘虏"。诗人在第二节中赋予月桂叶一种联想意义，对胜利者赫赫功绩的赞美歌颂的象征。这时诗人一改之前的灰心丧气，坚定不移地将自己看作诗人，既然"做她虔诚得像驴子的奴隶"她不接受，那么就将她看作胜利者，为她　"吹起喇叭，在全天下为她扬名"，歌颂她荣耀的事迹。到那时，他将"用无上荣耀的月桂叶将她装饰"并"将歌颂她胜利的歌唱响世界"。这种由怨恨转向心甘情愿投降的口气反映并预示说话人在整个求婚过程中态度的改变。

Sonnet 30

MY loue is lyke to yse, and I to fyre;
How comes it then that this her cold so great
Is not dissolved through my so hot desyre,
But harder growes the more I her intreat?

Or how comes it that my exceeding heat
Is not delayd[1] by her hart frosen cold:
But that I burne much more in boyling sweat,
And feel my flames augmented manifold?

What more miraculous thing may be told
That fire which all things melts, should harden yse:
And yse, which is congeald with sencelesse cold,
Should kindle fyre by wonderfull devyse[2]?

Such is the powre of love in gentle[3] mind,
That it can alter all the course of kynd[4].

注释： 1. delayd: 压制，遏制，抑制；解（渴）。

2. devyse: 巧思，奇巧的制作物。

3. gentle: 高贵的，高尚的。

4. kynd: 大自然。

第三十首

我像火，而我爱的那个美人却像一块寒气逼人的冰。
为什么我这满腔似火一般炙热的浓情烧得再旺，
可那块冰非但没有消融，
反而却因为我这团熊熊烈火越烧越凝？

我爱的人儿那颗滴水成冰的心哟，既然寒气逼人，冰凌凌，
可为何丝毫无法将我这腔似火之情的热度减轻：
我一腔热血沸腾，
而且还感觉到这火烧得更旺，更纯青。

火熔化万物但却把那块冰烧得更硬。
这话说出来多么令人吃惊：
冰是由极冷的寒冻凝结而成，
但是她却能燃起熊熊烈火。这本事多高明！

高贵的心中那股子爱哟，就有如此大能，
它能完完全全改变大自然的方向进程。

解析：　　这是《爱情小唱》中的又一首对比诗。在这首诗中，说话人将意中人比作冰，将自己比作火。他不懂为何她的冰不但无法在他"燃烧的激情"中消融，反而随着时间的推移变得更冷，更硬。说话人判决她的冰是某种"神奇的东西"，但她的冷若冰霜仅仅是在他的火焰中点燃了更大的火力。说话人将这个奇迹解释成："温柔的心中那爱的力量"能够改变自然规律。

在语言风格上，我们可以说诗人遣词用句的风格把诗歌的主题写活了：比如 hot, cold, freeze, hart-frozen 等字。火代表激情，冰代表双方之间的距离。诗中的遣词丰富而又极富表现力。

Sonnet 31

AH! why hath Nature to so hard a hart,

Given so goodly giftes of beauties grace?

Whose pryde depraves[1] each other better part,

And all those pretious ornaments deface[2].

Sith to all other beastes of bloody race,

A dreadfull countenaunce she given hath:

That with theyr terrour al the rest may chace,

And warne to shun the daunger of theyr wrath.

But my proud one doth worke the greater scath[3],

Through sweet allurement of her lovely hew[4]:

That she the better may in bloody bath,

Of such poore thralls her cruell hands embrew[5].

But did she know how ill these two accord,

Such cruelty she would have soone abhord.

注释： 1. depraves：掠夺。

2. deface：即 defaces。这种语法现象在斯宾塞时代是可以接受的。

3. scath：伤害。

4. hew：形状。

5. embrew：弄脏，染污；沾污，玷污（名誉）等。

第三十一首

啊，大自然究竟为何故，
要将美神恩典的种种美好天资置于如此一颗硬得像铁和石头一般的心腹？
但却让傲慢破坏了她身上每一处美好的局部，
而且还让它将她身上所有那些弥足珍贵的装饰一股脑儿消除。

大自然赐予其他嗜血动物，
一副狰狞的面目：
又让它们凶巴巴，恶狠狠地把其他动物追逐，
发出警告，警示它们要躲开其盛怒。

可我心仪的冷美人能用她那张漂亮的脸蛋儿下蛊，
所以她会给爱她的人带来更大的不幸与痛苦：
我的冰美人比猎食动物更冷酷。
她把残忍的手浸在可怜俘虏的鲜血里，将其洗沐。

然而，要是她很清楚将这两者统一起来的坏处，
那她一定会抛开这种蛮横刻毒。

解析：　诗人在这首诗中提出一个天问：大自然为什么把美貌赐予像他的意中人那样冷酷无情的女人。接着又提供了
　　　　一个证据，即大自然赐予所有最十恶不赦的动物"一副令人恐惧的狰狞面目"，目的是为了警告其他动物"躲
　　　　开它们雷霆之怒的危险"；但他的意中人比那些动物更有过之而无不及，因为她用自己的"魅惑"将"奴隶"
　　　　吸引到自己面前。这样，便可以更称心如意地体验浴血之快。即便如此，诗人在警句中还是替意中人辩护：
　　　　硬说"要是她知道美貌与冷血很违和"，她会对自己的冷酷无情产生厌恶。

Sonnet 32

THE paynefull[1] smith with force of fervent heat,
The hardest yron soone doth mollify[2]:
That with his heavy sledge he can it beat,
And fashion to what he it list apply[3].

Yet cannot all these flames in which I fry,
Her hart, more harde then yron, soft[4] awhit;
Ne all the playnts and prayers with which I
Doe beat on th'anduyle[5] of her stubberne wit:

But still, the more she fervent sees my fit[6]:
The more she frieseth in her wilfull pryde:
And harder growes, the harder she is smit[7],
With all the playnts which to her be applyde.

What then remaines but I to ashes burne,
And she to stones at length all frosen turne?

注释: 　1. paynefull: 费力的，煞费苦心的。

2. mollify: 软化。

3. apply: 想让它变成什么样子，它就变成什么样子。

4. soft: 软化。

5. anduyle: (铁) 砧。

6. fit: (感情等的) 激发；(突如其来的) 活动，努力。也指一个诗节。

7. smit: 捶打。

第三十二首

不达目的誓不罢休的铁匠趁热用力捶打，
很快，最硬的铁坯也能被他打成绕指柔，变得软耷耷：
他抡起千斤重锤，一下，又一下，
他要啥，就可以把那块铁疙瘩变成啥。

但是，任凭我用烈火怎么烧，怎么烤，任我怎么炸，
铁变软时她的心却更顽固不化；
随便我怎么苦苦哀求，摆出一副可怜相，死乞白赖地求她，
拼了全力想敲开她那油盐不进的心，可她却一点儿都听不进我的话：

她越是发现我为情所困，犯痴犯傻，
就变得越傲睨一世，越自大：
我越是哀哀祈诉，可怜巴巴地对她死缠烂打，
她那傲气十足，冥顽不化的想法就会变得越发硬得可怕。

可这样一来，我只能玉楼赴召，填沟壑，
而她除了冻成一块冷冰冰的石头之外，还会有什么？

解析：　这是又一首将冷热做对比的诗。但说话人在这里聚焦的是"铁匠"意象。铁匠的火炉里那"炉火的热度"能把"最硬的铁坯"烧熟，打成自己所需要的形状；说话人尽管将自己烈火般的爱恋和苦苦哀求放在"她冥顽不化的头脑"这块铁砧上锤打，但在意中人身上似乎产生不了同样的效果。看到他热情似火的时候，她那"任性的傲气反而变得越发自大"。这让说话人感到很绝望，他怕自己最终被燃烧的情火烧成灰烬的时候，他的意中人只会变成一块冷冰冰的石头。

Sonnet 33

GREAT wrong I doe, I can it not deny,
To that most sacred empresse, my dear dred[1],
Not finishing her Queene of Faëry,
That mote enlarge her living prayses, dead[2]:

But lodwick, this of grace to me aread[3]:
Doe ye not thinck th'accomplishment of it,
Sufficient worke for one mans simple head,
All[4] were it, as the rest, but rudely writ.

How then should I without another wit:
Thinck ever to endure so tædious toyle,
Sins that this one[5] is tost with troublous fit,
Of a proud love, that doth my spirite spoyle[6].

Ceasse then, till she vouchsafe to grawnt me rest,
Or lend you me another living brest.

注释： 1. dred: 指伊丽莎白一世。

2. dead:《仙后》第四至第六卷出现于第二年，即 1596 年。《仙后》是献给女主人公格罗利亚娜亦即伊丽
莎白一世的作品，因此《仙后》会把诗人为女王写的赞词传到四面八方，女王的美名会流芳百世。

3. aread: 对我友善，向我提建议。

4. all: 甚至。

5. one: 这个才子，亦即这个坠入爱河的人。

6. spoyle: 破坏，荒废。

第三十三首

我大错特错，这一点我不否认。
我诚惶诚恐，实在对不住，至尊至圣的女主君，
《仙后》让她名扬四方，让我对她的赞美万古长存，
可时至今日，我还没有完成，没有杀青付印：

尊敬的洛德韦克先生，请您开恩：
告诉我，难道大人您，
不这么认为：要是剩下的几卷，即使像已经写好的前部分，
那么辞鄙意拙，仅凭一个头脑愚钝之人单枪匹马就可胜任？

如此冗长乏味的的苦差倘若没有三头六臂，怎么忍？
如何才能独自一个人担当起所有的辛苦劳顿？
因为这个人爱上了一个冰美人，
那个冰美人偷走了他的灵魂，搅得他愁肠百结，心里乱纷纷。

那就收手吧，直到冰美人她能容许我休息养神，
或者你能借给我另一颗活蹦乱跳的心。

解析： 这首诗在《爱情小唱》中第一次提及诗人正在创作中的另外一部作品——《仙后》。读者不仅可以将作者识别为一个可怜兮兮的求婚者，同时也是斯宾塞本人。斯宾塞在这里表达了自己追悔莫及的感受。因为他把时间和精力都花在创作《爱情小唱》上，而荒废了《仙后》的创作。实际上，诗人是在主张只有在博得伊丽莎白·博伊尔的芳心之后他才能完成献给伊丽莎白女王的诗歌作品《仙后》的创作。其暗含的意思是，伊丽莎白·博伊尔不仅应该回应他的感情，答应嫁给他，而且作为英国女王伊丽莎白的臣民，向女王效忠也是她的本分。

Sonnet 34

LYKE as a ship, that through the ocean wyde,

By conduct of some star doth make her way,

Whenas a storme hath dimd her trusty guyde,

Out of her course doth wander far astray.

So I, whose star, that wont with her bright ray,

Me to direct, with cloudes is overcast,

Doe wander now in darknesse and dismay,

Through hidden perils round about me plast.

Yet hope I well, that when this storme is past,

My Helice[1], the lodestar of my lyfe

Will shine again, and looke on me at last,

With lovely light to cleare my cloudy grief.

Till then I wander carefull comfortlesse,

In secret sorrow and sad pensivenesse.

注释:　　1. Helice: [天] 大熊（星）座赫利斯。大熊星座是北方天空中最醒目，最重要的星座。

第三十四首

恰似一艘轮船行驶于辽阔无边的海洋，
在某一颗明星的引导航下，驶向前方。
一场暴风雨骤然袭来，暗淡了导航星的那稳若磐石的光，
船儿远远偏离航线，慢无目的地在海面上浮荡。

导引我的星辰哟，多辉煌！
可厚厚的重云如盖，遮住了她灿烂的脸庞，
害得我在黑暗中四处徘徊，神情沮丧，
周遭处处都有危险 隐藏。

但我希望，
暴风雨过后，我的爱情导航星赫利斯能重放光芒，
最终又会照在我身上。
并用亮光驱走我心中那阴沉沉的烦恼忧伤。

在此之前，我将含悲饮愁、暗凄怆，
忧心忡忡，意志消沉，四处彷徨。

解析： 诗人将自己比作一艘在大海上迷失方向，寻求北极星导航的船。但不幸的是，"一场暴风雨的降临，导致导航星昏暗无比，"航海者看不见。在第二节中，诗人将那颗被雨云遮蔽的星辰鉴定为他那位掉头离开他身边的意中人，从而致使他"在黑暗与沮丧中流浪徘徊"。他寄希望于暴风雨之后，又能看到导航星（暗指意中人再一次向他示好），但在此前，他打算"带着寂寥的心，勇敢地四处彷徨，暗自咀嚼忧愁和凄怆"。

Sonnet 35

MY hungry eyes, through greedy covetize,
Still[1] to behold the object of theyr paine:
With no contentment can themselves suffize[2],
But having pine, and having not complayne[3].

For lacking it, they cannot lyfe sustayne,
And having it, they gaze on it the more:
In theyr amazement lyke Narcissus vaine
Whose eyes him starved: so plenty makes me poore[4].

Yet are myne eyes so filled with the store
Of that fayre sight, that nothing else they brooke[5]:
But loathe the things which they did like before,
And can no more endure on them to looke.

All this worlds glory seemeth vayne to me,
And all theyr shewes but shadowes, saving she.

注释：　　1. still: 一直，总是。

2. suffize: 使满足，使满意。

3. complayne: 他的眼睛渴望见到他的心仪，但却因为心仪的伤害而备受折磨。

4. poore: 奥维德在《变形记》中讲过那西索斯爱上自己映在水中的美丽影子后不吃不喝，一味地伤心难过，
最后变成水仙的故事。

5. brooke: 忍受。

第三十五首

我这双如饥似渴的眼睛贪婪至极，
依旧频频窥视那位令它们痛苦不堪的佳丽：
尽管苦苦思恋牵挂，无怨无艾，
但却怎么看都看不够，始终都无法感到满意。

没有她，它们会奄奄一息，
有了她，它们又越发如渴似饥：
恰似水仙徒然瞪着一对儿眸子讶异：
装满了那个美丽的风景线，却让我变得一贫如洗。

我的双眼里满满当当装的只有那位美姬，
故而，别无他物值得我顾盼瞻唏，
以前曾经喜欢过的如今很厌弃，
也忍受不了再去看一眼那些庸俗不堪的玩意。

人间美景在我看来似乎皆空，
除了她——世间的荣耀，其他一切都只是徒有其表的幻影。

解析： 说话人又一次想起眼睛主题，但这首诗聚焦于自己"如饥似渴的双眼"。尽管满眼装的都是"意中人那道婀
娜多姿的风景"，可他的双眼依然无需他顾，只渴望看着她。诗人对意中人美色的渴求已经到了无以复加的
地步，眈眈逐逐只想贪婪地注视着她美丽的娇颜。除了她，其他一切的一切都只是"徒有虚表的炫耀卖弄"。
这首诗除了一处拼写变化之外，一字不落地重复了第八十三首。

Sonnet 36

TELL me, when shall these wearie woes have end,
Or shall their ruthlesse torment never cease:
But al my dayes in pining languor spend,
Without hope of asswagement or release?

Is there no meanes for me to purchase peace,
Or make agreement with her thrilling[1] eyes:
But that their cruelty doth still increace,
And dayly more augment my miseryes?

But when ye have shewed all extremityes,
Then thinke how litle glory ye have gained,
By slaying him, whose lyfe though ye despyse,
Mote[2] have your life in honour long maintayned.

But by his death, which some perhaps will mone,
Ye shall condemnéd be of many a one.

注释: 1. thrilling: 打动人心的。
        2. mote: 可能，会。

第三十六首

告诉我，让我感到心烦意乱的苦恼何时休，
这无情的折磨是不是永无尽头：
为了心爱的姑娘，我终日忧闷惆怅费思量，空劳牵挂忧并愁
但能减轻或摆脱思念的希望却一点儿也没有。

难道说就没什么办法可将宁静购，
或者签定协议，我是说跟她的美眸！
它们残忍的程度有增无减，让我好难受，
日复一日，旧愁未尽又添新愁。

当你把各种非常手段尽秀，
请你好好想想看，这样做你能博得的赞美可有否：
既然你瞧不起他的存在，那就请你允许他玉楼赴召，早千秋，
那样，你的生命就可以在荣耀中永垂不朽。

或许会有人为他的死痛心疾首，
而你会遭无数人责诟。

解析： 诗人在这里质问他爱慕的对象如此浪费时间，劳神费力折磨他是否值得。第一节中，诗人告诉读者他不知道
自己的痛苦何时结束——甚至怀疑会永远没完没了。第二节中又问究竟有没有一种办法能让他从他那位冷酷
无情的意中人那里"买来和平"。第三节中诗人直接对意中人说话，并乞求她考虑考虑把他折磨致死自己究
竟能有"多光荣"，最后用一个警告结束全诗：他的死"或许会让一些人伤心难过"，但这样做的结果是招
致谴责她自己的人也会"很多"。

Sonnet 37

WHAT guyle is this, that those her golden tresses,
She doth attyre under a net of gold:
And with sly skill so cunningly them dresses,
That which is gold or heare, may scarse be told?

Is it that mens frayle eies, which gaze too bold,
She may entangle in that golden snare:
And being caught, may craftily enfold
Theyr weaker harts, which are not wel aware?

Take heed therefore, myne eies, how ye doe stare
Henceforth too rashly on that guilefull net,
In which if ever ye entrappéd are,
Out of her bands ye by no meanes shall get.

Fondnesse[1] it were for any, being free[2],
To covet fetters, though they golden bee.

注释: 1. fondnesse: 狂热，入迷。

           2. free: 指任何一个自由人。

第三十七首

她使的这是哪门子阴谋诡计——那头金发，
裹在一张金灿灿的发网下：
装饰很巧妙，手段何等老辣！
到底是金子？
还是头发？谁能辨别真假？

是不是只要男人们脆弱的眼睛壮起胆儿朝她瞅一下，
她便会用金网将其网住，进行欺诈？：
一旦俘获，便攥住他们那弱不堪言的心，何其刁滑！
那些愚钝的心哟，根本看不穿她玩的这套鬼八卦。

因此上，给我听好了，我的双眼，你们俩，
从今往后千万可别冒冒失失将那陷阱窥察，
一旦陷进去，你们绝对摆脱不了她，
而且也不会有任何办法挣脱她的锁枷。

虽说镣铐金光闪耀，但任何一个人，只要他自由潇洒，
若是求着让人给他戴上，那就是犯傻。

解析：　在这里，说话人选择了意中人的另一个身体组成部分关注——即用她的秀发来做文章。他说她的一头"金发"
　　　　就像"一张金网"。她使出这一手，将男人们网在"那个金色的陷阱里"，将他们"脆弱的心"裹在其中。
　　　　说话人警告自己的眼睛万勿久视，因为"一旦落入陷阱，就没有任何办法摆脱"。说话人最后总结到：只有
　　　　疯狂的爱才能让一个自由人心甘情愿戴上镣铐。

Sonnet 38

ARION, when, through tempests cruel wracke,
He forth was thrown into the greedy seas:
Through the sweet musick which his harp did make
Allu'rd a dolphin him from death to ease[1].

But my rude musick, which was wont to please
Some dainty eares, cannot, with any skill,
The dreadfull tempest of her wrath appease,
Nor move the dolphin from her stubborne will,

But in her pride she dooth persever still,
All carelesse[2] how my life for her decayse:
Yet with one word she can it saue or spill[3].
To spill were pitty, but to save were prayse.

Chose rather to be praysd for doing good,
Then to be blam'd for spilling guiltlesse blood.

注释: 1. ease: 希腊传说中的诗人和竖琴演奏家阿里翁。一群水手打劫了他，并把他扔到了海里。阿里翁用竖琴弹
       了一只与船诀别的曲子，一头路过的海豚被他美妙的乐曲迷住，于是将他驮到岸上。这个故事说明音乐具
       有巨大的魔力。

       2. carelesse: 不予关注的。

       3. spill: 毁灭。

第三十八首

在一场狂风暴雨引起海难，疯狂施虐之际，
阿里翁被抛进垂涎欲滴的怒波狂涛里：
于是他用竖琴弹起一段儿优美的乐曲，那段旋律富于魔力
诱来一头海豚帮他摆脱了冥帝。

可我的乐曲很粗鄙，
惯于讨好对乐曲很挑剔的人的欢喜，
但却无法将她令人毛骨悚然的狂怒平息，
也无法引来那头海豚让美人改变那独行其是的心意。

她至始至终都显得毅然决然，很傲气，
毫不在意我为她消得衣带渐宽，奄奄一息。
她可以"灭"，也可以"救"。只需她一个字而已。
救是赞誉，灭是可惜。

宁选积德行善受人赞许，
也不选让无辜者鲜血四溅，遭人诟疾。

解析： 诗人在这首诗中回到一个经典引喻上。他将自己的境况与传说中希腊竖琴演奏家与诗人阿里翁相比。阿里翁
被海盗绑架，后来在一场暴风雨中被那些海盗从船上扔到海里。当他弹起竖琴，一头海豚被他美妙的琴声吸引，
并救了他。说话人将自己的诗篇视作"拙劣的音乐"，因为他的诗篇没有魔力，既无法让意中人改变心意），
也无法将"她勃然变色的怒气"平息。倘若说话人像阿里翁，他的意中人是海豚和威胁淹死他的暴风雨，她的"一
句话"既能救他于危难，也能让他陷于九死一生之境。他恳求意中人选择拯救他的生命，获得世人的称赞，
而不要选择"让无辜者流血身亡"，遭世人谴责。

Sonnet 39

SWEET smile, the daughter of the Queene of Love[1],
Expressing all thy mothers powrefull art:
With which she wonts to temper[2] angry Joue,
When all the gods he threats with thundring dart[3].

Sweet is thy vertue[4], as thy selfe sweet art[5],
For when on me thou shinedst late in sadnesse:
A melting pleasance ran through every part
And me revived with hart robbing gladnesse[6].

Whylest rapt with ioy resembling heavenly madnes,
My soule was ravisht quite, as in a traunce:
And feeling thence no more her sorowes sadnesse,
Fed on the fulnesse of that chearefull glaunce,

More sweet than Nectar, or ambrosiall meat[7],
Seemd every bit which thenceforth I did eat.

注释:　1. love: 爱神维纳斯。

　　　　2. temper: 有节制的，温和的，稳健的；中庸的；中等的；

　　　　3. dart: 雷电，霹雳。

　　　　4. virtue: 力量。

　　　　5. art: 因为你自己很可爱。

　　　　6. gladnesse: 在威廉·哈维（1578–1657，医生，英国解剖学家、血液循环的发现者）发现血液循环现象以前，
　　　　　 人们认为是热情将血液抽出心脏，同时又把血液泵入心脏，而恐惧则送出血液，援助受到妨碍的身体器官。
　　　　　 但在这儿，将血液送出心房的是快乐。

　　　　7. meat: 食物。

第三十九首

爱神之女哟，令人迷醉的微笑。
你展现出你母亲爱神维纳斯的百般艺术，她那摧枯拉朽的艺术力量多神妙：
每当主神乔武用霹雳雷霆凛然威压诸神，横眉怒挑，
她只莞尔一笑，主神的怒气便会云散烟消。

你人儿姣姣，又有超凡绝伦的功效，
当你前几日把凄凄惨惨戚戚的我照耀：
那融融快意直叫我灵飞九天，魂脱壳，
心中复又充满喜悦，活蹦乱跳。

我魂儿荡荡，心儿飘飘。
悦悦然好似天上的神仙一枚，乐逍遥：
忧伤与愁苦再也没有一分一毫。
你只一瞥，我顿觉如痴如醉，乐陶陶。

从此后，只要品尝到她一丝儿微笑，都感觉比吃的美味佳肴
或喝琼浆玉液更香更好。

解析：　说话人在这首诗中赞美的是意中人的微笑。他夸爱人的微笑是"爱神的女儿"。她的微笑传递的是"爱神"的力量。
这位"爱神"暗指主神乔武的妻子朱诺。因为他说，当主神用霹雳雷电之鞭威胁诸神时，她便用微笑"安抚
雷霆大怒的乔武"。诗人在这里或许玩了一个文字游戏，即将"love"和"Jove"几乎拼写成一样。这个文
字游戏暗示朱诺不仅仅只是爱神，她的力量就连主神也甘拜下风。接下来，说话人又将朱诺的优点与心上人
的优点相比。他说自己感到心神恍惚，渴望享用她那胜似玉液琼浆，令人心花怒放的一瞥一顾。

Sonnet 40

MARK when she smiles with amiable cheare[1],
And tell me whereto can ye lyken it:
When on each eyelid sweetly doe appeare,
An hundred Graces as in shade to sit[2].

Lykest it seemeth, in my simple wit
Unto the fayre sunshine in somers day:
That, when a dreadfull storme away is flit,
Thrugh the broad world doth spred his goodly ray

At sight whereof, each bird that sits on spray,
And every beast that to his den was fled:
Comes forth afresh out of their late dismay,
And to the light lift up theyr drouping hed.

So my storme-beaten hart likewise is cheared,
With that sunshine, when cloudy looks are cleared.

注释: 　1. cheare: 表情，脸色，态度；腔调，声调。
　　　2. sit: 仿佛成百上千个美惠女神端坐眼帘。

第四十首

请留意留意，当她和蔼可亲，笑颜尽展，
请告诉我究竟有什么地方能构成与她的对照点：
每当她垂眉低首，嫣嫣然送世人一顾一盼，
眼睑上便有无数个美惠女神出现。

在痴痴傻傻的我看来，瞅着她那对儿妩媚又迷人的眼睑，
就好像是在阴雨天享受一缕无比瑰丽、明艳的阳光一般：
又似风雨后太阳露出金灿灿的脸，
普照大地那般明亮璀璨。

适才暴风骤雨袭来，百鸟纷纷躲入枝桠间，
百兽无不吓得往洞穴里逃窜：
而此时，鸟兽们见状无不一扫此前的沮丧，甩开惊愕感，
抬起方才还耷拉着的脑袋，将它仰瞻。

当我的美人那脸上的乌云彻底消散，复又重现灿烂，
我这饱经风霜的心儿哟，便感到无比悦然。

解析： 这首诗承袭了第三十九首诗的主题，继续赞美心上人的微笑。在第一节中，说话人说她眉开眼笑时，就会"有千万个美惠女神坐在她的眼帘"。接着又将她的微笑与"春日的阳光相比"：春日的阳光驱走暴风雨，是暴风雨将百兽逼回巢穴。风雨后，生灵纷纷"抬起此前耷拉着的脑袋"，把她笑脸上的阳光瞻望。接着笔锋一转，又说起他自己的心绪。诗人叹息自己饱经风霜的心因为她脸上的阴云被笑容驱散而兴奋不已。

Sonnet 41

IS it her nature, or is it her will[1],

To be so cruell to an humbled foe:

If nature, then she may it mend with skill,

If will, then she at will may will forgoe.

But if her nature and her wil be so,

That she will plague the man that loves her most:

And take delight t'encrease a wretches woe,

Then all her natures goodly guifts are lost

And that same glorious beauties ydle boast,

Is but a bayt such wretches to beguile,

As, being long in her loves tempest tost,

She meanes at last to make her piteous[2] spoyle.

O fayrest fayre, let never it be named,

That so fayre beauty was so fowly shamed.

注释: 　1. will: 一种心理机能，需要理智引导，以免人变成任性或顽固不化的自我主义者。

　　　　2. piteous: 可怜的。

第四十一首

她这样做究竟是天性使然，还是故意？
摆出一副冷酷无情的面孔对付谦和之敌：
若是天性，大可巧妙地运用理性对其加以修葺，
若是存心而为，那么她也可以随意断念割舍离。

可要是天性和意愿沆瀣一气，
那么，她会让那个对她情深一往的男人染上情殇之疫：
要是她以增加一个可怜人的痛苦为乐，喜看他惨兮兮，
那么，她天性中一切美好的禀赋均将尽失无遗。

同样，如若这位可怕的美女莫名其妙，仗以自恃的东西
也就只是诱骗一个个倒霉蛋的诱饵而已，
诱惑他们久久颠簸在爱她的风暴里。
而她的终极目标无非是将那些人变成自己可怜的战利。

啊，美女中的美女哟，永远别让人说模样这么闭月羞花的佳丽
内心竟如此卑鄙。

解析：　诗人在这里发问：心上人折磨他究竟是天性使然，还是有意而为。他希望是其天性使然。因为若是性格所致，
她倒是可以"用技巧加以弥补"。倘若她那样做是出于自己的意愿，那么她也会"出于自己的意愿，断了折
磨我的念头"。无论是哪种情况，诗人似乎相信，只要她愿意，就一定能改变自己的行动路线。"但如果两
个原因都有，那她一定会把那个最爱她的男人折磨死"。如果真这样，那么她的美貌就仅仅只是让他自投罗
网的陷阱。诗人在最后告诫心上人别再让这种残忍的恶行使自己蒙羞，给自己带来耻辱。

Sonnet 42

THE love which me so cruelly tormenteth,

So pleasing is in my extreamest paine:

That all the more my sorrow it augmenteth,

The more I love and doe embrace my bane[1].

Ne doe I wish (for wishing were but vaine)

To be acquit[2] fro my continuall smart:

But joy, her thrall for ever to remayne[3],

And yield for pledge my poore captyvéd hart

The which, that it from her may never start[4],

Let her, yf please her, bynd with adamant[5] chayne:

And from all wandring loves, which mote pervart,

His[6] safe assurance, strongly it restrayne

Onely let her abstaine from cruelty,

And doe[7] me not before my time to dy.

注释:　1. bane: 毁灭。

2. acquit: 解脱。

3. remayne: 乐于永远做她的奴隶。

4. start: 动摇。

5. adamant: 钻石，或天然磁石.

6. his: 他心的。

7. doe: 使。

第四十二首

爱哟，用如此冷酷无情的手段将我折磨，
我极度悲伤，但却又感到无比快乐：
我越痛苦，越伤心难过，
就越想用情深重，也越想把我爱的那个害人精巴结笼络。

我不希望（即使希望，也不会有任何效果）
从持续不断的痛苦中得到解脱：
只想能永远做她的奴隶，对她唯唯诺诺
向她投诚，交出我这可怜兮兮，被她俘获的心儿一颗。

我的心永远没有离开她的时刻，
如果她乐意，就让她用金刚锁锁住我：
紧紧地把我锁于那一股股迷而不知其返的爱火。
钻石锁坚不可摧，就拿它把我的自信紧锁。

只是要让她放弃残忍无情和冷漠，
别让我在大限之前填沟壑。

解析：　这首诗延续了上一首诗的主题——折磨。诗人坦承自己感到痛苦万分，但又承认自己越是伤心难过，就陷得越深，越想拥有那个心仪的小妖精。他不想从这种"持续不断的痛苦"中解脱出来，而想永远做她的"奴隶"。诗人将意中人对他的折磨视作将自己和意中人锁在一起的"金刚锁"。如果这是唯一一种能够把他们俩连在一起的东西，那么，他心甘情愿承受被困其中的痛苦。尽管如此，在最后的金句中，诗人还是乞求意中人"慎行虐待之举"，以免导致他过早撒手人寰。他似乎接受了为求与她有所关联而必须承受的痛苦，但又害怕她会在折磨他的道路上走得太远，活活把他折磨死。

Sonnet 43

SHALL I then silent be, or shall I speake?

And if I speake, her wrath renew I shall:

And if I silent be, my hart will breake,

Or chokéd be with overflowing gall.

What tyranny is this, both my hart to thrall[1],

And eke my toung with proud restraint to tie;

That nether I may speake nor thinke at all,

But like a stupid stock[2] in silence die!

Yet I my hart with silence secretly

Will teach to speake, and my just cause to plead:

And eke mine eies, with meeke humility,

Love-learnéd[3] letters to her eyes to read.

Which her deep wit, that true harts thought can spel[4],

Wil soone conceive, and learne to construe well[5].

注释：　　1. thrall: 使做奴隶；征服。

2. stock: 树桩，残株。

3. love-learnéd: 教我的眼睛寄出爱情教它们写的情书。

4. spel: 读。

5. well: 通过在内心树立一个意中人的形象，学着正确阐释，这样，意中人很快就能理解自己。

第四十三首

我到底是应该说出来，还是应该保持沉默？
如果说出来，她又会暴跳如雷，怒不可遏：
若是保持沉默，我的心会碎成粉末，
又或者会因为太多黯然神伤的痛苦而窒塞。

啊，这是什么样的暴君哟！她先把我的心俘获，
又用傲慢堵住我的嘴巴，但却缠住我的舌？
害得我既不能想，也不能说，
仿佛一根无可奈何的，呆呆的木头桩子一样在沉默中陨殁。

不过，我会在沉默中偷偷摸摸，
教我的心来表达，并教会它代替我义正言辞地辩驳：
同时，我还要教我的眼睛卑躬屈节，唯唯诺诺，
向她的美眸寄出爱情教它们写的情书，显示它爱的知识多渊博。

她深不可测，我真心所想所思她会懂得，
所以很快就能理解，也能学会正确地解说。

解析：　　说话人在这首诗中诉说了自己内心的恐惧。他很怕提及意中人的拒绝带给他的痛苦。因为他怕那样做会让意
中人又对他"发雷霆之怒"。他无法保持沉默，因为沉默让他心碎，也可能因为"满腔怨气憋得自己窒息"。
于是诗人选择用自己"温情脉脉的眼神"来表达自己内心的苦楚。这样，意中人的眼睛就能读懂这些"知书
达理的情书"，并对他产生怜悯之情。

Sonnet 44

WHEN those renouméd[1] noble Peres of Greece,

Thrugh stubborn pride amongst themselves did jar[2]

Forgetfull of the famous golden fleece,

Then Orpheus[3] with his harp theyr strife did bar[4].

But this continuall cruell civill warre,

The which my selfe against my selfe doe make:

Whilest my weak powres of passions warreid[5] arre.

No skill can stint, nor reason can aslake[6].

But when in hand my tunelesse harp I take,

Then doe I more augment my foes despight[7]:

And griefe renew, and passions doe awake,

To battaile, fresh against my selfe to fight.

Mongst whome the more I seeke to settle peace,

The more I fynd their malice to increace.

注释：　　1. renouméd: 有名的，著名的，有声望的。

2. jar: 争吵。

3. Orpheus:【希腊神话】俄耳甫斯〔竖琴名家〕。

4. bar: 妨碍，阻止。

5. warreid: 苦恼的，受折磨的。

6. aslake: 减少，减轻 (痛苦等)；降低，缓和。

7. despight: 藐视；侮弄；嘲笑。

第四十四首

当古希腊那些闻名遐迩，气吞山河的高贵祖先，
因为独行其是的傲慢翻脸，
彻底忘记那名闻天下的金羊毛事件，
俄尔普斯便用一只竖琴曲平息了他们的争端。

但这场残酷的、旷日持久的内战，
却发生在我和我自己之间：
我这腔饱受求而不得之苦折磨的痴情势单力薄，深感苦烦。
也找不出任何能够说服自己的理由将渴求缩减。

当我拿起手中的竖琴，把那不着调的曲子弹，
但却反而平白无故让我的仇敌将我下眼观：
我弹醒情火，复又激活一腔忧伤满满，
弹得我与自己的战火重新漫延。

我越是上下求索，寻找机会在双方之间调停，
就越发现彼此之间的敌意无减有增。

解析： 在这里，说话人将自己和希腊神话故事中的竖琴名家俄耳甫斯做了一番对照。俄耳甫斯能通过弹奏天籁之曲，
一路鼓励阿尔戈船上的船员雄赳赳，气昂昂去把金羊毛寻觅。他的竖琴曲比希腊神话中那位半人半鸟海妖塞
壬的歌声更美妙。说话人辛辛苦苦奋力（用这些诗）平息自己内心的挣扎，可换来的只是怨上加怨，旧恨未
了新恨生的结局。

Sonnet 45

LEAVE, lady, in your glasse of christall clene,

Your goodly selfe for evermore to vew:

And in my selfe, my inward selfe I meane,

Most lively lyke behold your semblant trew[1].

Within my hart, though hardly it can shew,

Thing so divine to vew[2] of earthly eie:

The fayre idea[3] of your celestiall hew[4],

And every part remaines immortally:

And were it not that, through your cruelty,

With sorrow dimméd and deformd it were,

The goodly ymage of your visnomy[5],

Clearer then christall would therein appere.

But if your selfe in me ye playne will see,

move the cause by which your fayre beames darkned be.

注释： 1. trew：看到与本尊相像的模样。

2. vew：观看；壮观；奇观；风景。

3. idea：是恋人心中那个心仪女子的形象。

4. hew：形态；外形；模样。

5. visnomy：面庞。

第四十五首

爱人啊，离开你的菱花镜，请放弃
一直看着镜子里那个标致的自己：
请看看我这儿，我是说，有一个和你本人最相像的你，
在我的心底。

就在我心中，栩栩如生，充满生机。
尽管将这个你呈现出来并不那么容易，
世俗的眼睛看不见这个神圣之像的神圣至极：
你丰姿冶丽，浑身上下都透着一股子仙气：

若非因为你冷酷无情的关系，
致使我心中那深深的幽怨暗其光，毁其体：
你那闭花羞月，沉鱼落雁般的娇颜何其美丽，
而我心中的这张映像一定会比菱花镜中的那张娇颜更明艳，更清晰。

如若你看得见我心中的你的本尊，
请你将那暗淡它光华的原因消弭殆尽。

解析：　诗人好言相劝，劝自己的意中人别再盯着菱花镜里的自己看，而要看那个他所看到的她。他承认他的心几乎
显现不出"世俗的眼睛看不到的绝世之美"，但同时又夸下海口，说自己的心能够永远装着"你那美若天仙
般的姣颜"。在这里，斯宾塞将柏拉图主义概念往前推了一步：诗人说他心中所供奉的意中人那典范式的美
远远要比任何世间的镜子里反映的美更完美。诗人说她的完美形象已经因为她的"蛮横残忍暗淡了颜色，扭
曲变形"；要是她结束对他的虐待，她的形象会显得"比水晶更璀璨"。诗人希望意中人能在他诗意的描绘
中看到真正的自己，而且可以因此放弃那暗淡她"明艳光华"，拒收我爱的表白的不明智之举。

Sonnet 46

WHEN my abodes[1] prefixéd time is spent[2],

My cruell fayre streight bids me wend my way:

But then from heaven most hideous stormes are sent

As willing me against her will to stay.

Whom then shall I, or heaven or her, obay,

The heavens know best what is the best for me:

But as she will, whose will my life doth sway,

My lower heaven, so it perforce must bee.

Ye high hevens, that all this sorowe see,

Sith all your tempests cannot hold me backe:

Aswage your stormes, or else both you and she,

Will both together me too sorely wrack.

Enough it is for one man to sustaine,

The stormes, which she alone on me doth raine.

注释: 1. abodes: 拜访。

2. spent: 规定的拜访时间一结束。

第四十六首

规定的造访时间一到点，
我那无情的佳人哟，就直截打发我回还：
可就在那时，一场史无前例的滂沱大雨降落，如注一般。
苍天似在想我所想，让我留下来，违背她的意愿。

我该听谁的，是听她，还是听天？
天知道究竟什么对我最为妥善：
但她的意愿就是我在这红尘俗世的天
我任她摆布，海枯石烂永不变。

诸位天神，我所有的忧伤你们可都亲眼所见，
既然没有什么暴风雨能把我留在她身边：
那就请你们将这场狂风暴雨的威力减缓，
否则你们跟她如此沆瀣一气折磨我，肯定会让我捐馆。

只她一人之力往我身上泼下暴雨，一遍又一遍，
就已经足够一个大丈夫全力承担。

解析：　在这首诗中，诗人将意中人和天作对比（天既指青天，也指天国）。天降"大雨"留他在，人下命令让他归。
依天而行，还是顺她之意？这个两难选择让他无所适从。他坦承"老天爷知道他选哪个好。"但意中人是他
在人间的"天"，对他的心具有更强大的吸引力。故而诗人求天停止降雨，以便他能顺从佳人之意，或者"与
她沆瀣一气将我浇至地狱"。他只能忍受得了其中一种试炼，所以诗人选择"只承受她降在他身上的的滂沱
大雨"。

Sonnet 47

TRUST not the treason of those smyling lookes,

Untill ye have theyr guylefull traynes[1] well tryde[2]:

For they are lyke but unto golden hookes,

That from the foolish fish theyr bayts doe hyde:

So she with flattring smyles weake harts doth guyde,

Unto her love, and tempte to theyr decay[3],

Whome being caught, she kills with cruell pryde,

And feeds at pleasure on the wretched pray:

Yet even whylst her bloody hands them slay,

Her eyes looke louely, and upon them smyle:

That they take pleasure in [her] cruell play,

And, dying, doe them selues of payne beguyle[4].

O mighty charm! which makes men love theyr bane[5],

And thinck they dy with pleasure, live with payne.

注释: 1. traynes: 圈套，陷阱。

2. tryde: 检查过的。

3. decay: 毁灭，毁坏。

4. beguyle: 他们死的时候，心会摆脱疼痛。

5. bane: 毒。

第四十七首

在你尚未彻查它们狡诈的圈套之前，
请别相信那背信弃义，皮笑肉不笑的脸。
笑面虎的脸就像藏着诱饵的金钩一般，
其目的无非是把傻乎乎的鱼儿骗：

她那媚惑的微笑让脆弱的心儿在汹涌澎湃的爱涛中沦陷，
诱导它们飞蛾扑火，走向腐烂，
待猎物自投罗网之后，再用冷酷而又傲睨一切的态度将他们送上西天，
她喜将可怜的猎物当作饕餮大餐：

然而，即使她那一双残忍的手将其命掐断，
可她笑脸上那双美眸看上去依旧爱意绵绵：
猎物们在她冷酷无情的戏弄中乐陶陶，亦死亦仙，
还骗自己说，死是离苦得乐，心不烦。

啊，强大无比的色诱之电！让男人们爱上毒死自己的媚眼，
还让他们深信死是快乐，生是苦海无边。

解析：　这首诗中描绘的是意中人那媚感人心的微笑表情。因为它就像"金钩"一样引他上钩。她利用"魅惑之笑容"
诱惑"脆弱之心"走上"毁灭"的道路；最终使出"残忍无情的傲雪欺霜"将猎物杀害，并以此为乐。更过分的是，
她"在残忍杀害猎物之时，面带微笑，用媚人魂魄的明眸眼睁睁看着他们命悬一线"。她那双明眸能够麻醉
猎物（即可解除它们的痛苦），又能导致受害者"对她残忍的游戏乐此不疲"。诗人对这个矛盾统一体叹为
观止。意中人"神奇的魔力"诱惑男人爱上"他们的祸害"，致使他们产生生即苦，死即乐的想法。

Sonnet 48

INNOCENT paper, whom too cruell hand,
Did make the matter to avenge her yre,
And ere she could thy cause wel understand,

Did sacrifize unto the greedy fyre:
Well worthy thou to have found better hyre[1],
Then so bad end, for heretick s ordayned:
Yet heresy nor treason didst conspire,
But plead thy maisters cause, unjustly payned[2]:

Whom she, all carelesse[3] of his griefe, constrayned
To utter forth the anguish of his hart:
And would not heare, when he to her complayned,
The piteous passion[4] of his dying smart.

Yet live for ever, though against her will,
And speake her good[5], though she requite it ill.

注释:　　1. hyre: 报偿；补偿；赔偿。

2. payned: 刑讯逼供。

3. carelesse: 不予关注的。

4. passion: 痛苦，苦恼，苦难.

5. good: 夸她。

第四十八首

啊无辜的纸张，那只太过冷酷的手找茬儿，在你们身上
大肆泄愤报复，她火冒三丈：
未等将你的诉讼事由好好理解弄清爽，
就将你献给那贪婪的熊熊火光。

比起异教徒那注定的悲惨下场，
你们已发现你应该是更有价值的报偿：
你们既没有犯异端邪说之罪，也没有谋反结党。
只不过是为主人做抗辩，但却遭到刑讯逼供，就像异教徒或叛徒一样。

你们的主人通过你将压在他心中的苦闷吐露宣讲，
可她却毫不介意你们的主人那按压在心中的悲伤：
当他向她喊冤，提起诉状，
她却闭目塞听，充耳不闻他奄奄一息的心声和凄怆。

即便这样，你们也会永远活下去，尽管这样做违背她的愿望，
你们不但会活下去，还会替她说话，虽然她会给你们残酷的打赏。

解析：　　在第一节中，诗人发出喟然长叹，为那些被意中人"扔进贪婪炉火"中的"无辜纸张"深感悲哀。因为在那
些纸张上，他写下了某些惹她生气的话语，以致她将其赠予的诗章付之一炬。诗人的注意力集中在失去自己
写下来的文字上。他希望那些文字遇到比"持异端邪说"的人更好的命运。第三节中，诗人试图"倒出自己
心中的苦水"，而这些苦楚到目前为止他未曾大声说出来，意中人也从未听到过。在最后的警句中，诗人断
言他的文字"尽管违背她的意愿"，但必将与世长存。

Sonnet 49

FAYRE cruell, why are ye so fierce and cruell?
Is it because your eyes have powre to kill?
Then know, that mercy is the mighties jewell,
And greater glory thinke to save then spill[1].

But if it be your pleasure and proud will,
To shew the powre of your imperious eyes:
Then not on him that never thought you ill,
But bend your force against your enemyes.

Let them feele th'utmost of your crueltyes,
And kill with looks, as cockatrices[2] doo:
But him that at your footstoole humbled lies,
With mercifull regard, give mercy too.

Such mercy shal you make admyred to be[3],
So shall you live by giving life to me.

注释:　1. spill: 想想，你可以通过保护，而不是毁灭，得到的更大的荣耀。
　　　　2. cockatrices: 传说中一种头如鸡，身体如双足飞龙，尾如蛇的怪物，没有羽，却有鳞。据说是从鸡卵中孵化出的。鸡身蛇尾怪的凝视可以使对手致命。它们的卵必须生于有天狼星的日子，受精于七岁的公鸡。这种卵很容易辨认，并非普通的卵形，而是球形，没有壳，覆盖着一层厚厚的皮，而这枚卵必须由蟾蜍孵化。

第四十九首

无情的美人哟，你为什么要这么冷酷，这么凶残，
是否因为你那双眼睛能放出杀人的电？
倘若果真如此，你要知道仁慈是强者的法宝，悲天悯人是强者的杀手锏。
你要想着保护比毁灭更有荣典。

但若你咄咄逼人的目光表现
是你的乐趣，也是你亢心憍气的意愿，
那就请你别用在他身上，因为他从来都不曾将你下眼观，
你要拿那种眼神去对付你的敌人，给他们颜色看。

让他们见识见识你极度暴厉恣睢的一面，
你要用它杀他们，就像鸡身蛇尾兽那致命的凝视一般：
他谦卑地躺在你的脚凳边，
所以，你看他的时候要用饱含仁慈怜惜的目光，还要再上加点儿温婉。

这种仁慈，可以让你得到人们的称赞，
所以，你会通过给予我生命而流芳百世于人间。

解析：　在这首诗中，说话人乞求心仪的"冷美人"给予他慈悲。他请求意中人把那种"专横傲慢的眼神"用在她的敌
人身上，而不要不用在爱她的那个人身上。他将意中人那种瞧不起他的眼神比喻成鸡身蛇尾怪的凝视。传说
鸡身蛇尾怪的凝视具有杀戮的力量，猎物只要远远被它看上一眼就会立刻死亡。说话人解释说，如果他像哈
巴狗一样躺在她的脚蹬边，是否可以获得一个奴隶或者俘虏应该得到的怜悯同情。他求她慈悲为怀，不要像
对待一个侵略者那样对待他。结尾处，说话人提醒意中人"这样的仁慈会让你赢得诗人的钦慕"。

Sonnet 50

LONG languishing in double malady,
Of my harts wound and of my bodies greife:
There came to me a leach[1], that would apply
Fit medicines for my bodies best reliefe.

"Vayne man!" (quod I) "that hast but little priefe[2]:
In deep discovery of the mynds disease,
Is not the hart of all the body chiefe,
And rules the members as it selfe doth please[3]?

Then with some cordialls[4] seeke first to appease,
The inward languour of my wounded hart,
And then my body shall have shortly ease:
But such sweet cordialls passe Physitions art."

Then, my lyfes leach[5], doe you your skill reveale,
And with one salve both hart and body heale.

注释： 1. leach: 医生。

2. priefe: 经验。

3. please: 有位圣人说过，头脑反过来操控身体。

4. cordialls: 对心脏有效的药剂。

5. leach: 恋人心仪的人。

第五十首

长期以来我都病病恹恹，一直遭受着双重病痛的折磨，
身上痛，但伤口却在心窝：
有一个大夫曾来诊过我，
那个郎中想对症下药，让我身体上的痛些痕不落。

"庸医，根本没经验！"我说：
"发现不了在我心中作祟作怪的魔，
难道说不是心主身，为身体掌舵，
身体所有器官的功能都由它掌握。

得先找强心提神的药来治我心中的病疴，
让我这受伤的心不再难过，
这样，我的身体很快就会痊愈，瘀化血活：
但能找来这种药，你得靠神医方可。

所以，主我生死的医生哟，请你使出你的妙手回春之策，
用一种药，好让我身上和心上的伤一起愈合。

解析： 在这首诗中，说话人诉说自己正在遭受着"双重病痛的折磨"。在第一节中他说这种病痛既让他的心苦恼万分，
又让他的身体疼痛难忍。医生已经尝试过"用最好的药缓解我身体上的病痛"，但却没有效果。在第二和第
三节中，说话人表达了自己对医治这种病的主张。他认为心主"全身所有器官"，故而，只有医好他受伤的心，
才可医好他身体上的疼痛。他深知这是任何医生都治不好的病，所以恳求那位"掌握生杀大权的医生"能够
妙手回春，用一种一箭双雕的灵丹妙药，来治愈他心上和身上的病魔。但这个神医究竟是指上帝，还是他的
意中人，却是个谜。

Sonnet 51

DOE I not see that fayrest ymages
Of hardest Marble are of purpose made[1],
For that they should endure through many ages,
Ne let theyr famous moniments to fade?

Why then doe I, untrainde in lovers trade,
Her hardnes blame, which I should more commend?
Sith never ought was excellent assayde,
Which was not hard t'atchive and bring to end[2].

Ne ought so hard, but he that would attend[3],
Mote soften it and to his will allure:
So doe I hope her stubborne hart to bend,
And that it then more stedfast will endure.

Onely my paines wil be the more to get her,
But having her, my joy wil be the greater.

注释: 1. made: 用最硬的花岗岩雕的最美的雕像。

            2. end: 不经风雨不见彩虹。

            3. attend: 侍奉。

第五十一首

那些美轮美奂的美女雕塑难道说我看不透，
是有人故意用硬度最高的大理石造就？
其目的无非是想让它们在岁月长河中不腐不朽，
而不致失色变旧？

在恋爱这个行当里，我未曾受训练手
应该赞她心肠坚如金石之时，为何反而吹毛求疵，在鸡蛋里挑骨头？
好事儿在成功之前一波三折，不可能一撮而就，
精诚所至金石为开，历经艰难险阻，方可把正果修。

一个人只要痴心不改，即使百炼之刚他也可将其化为绕指柔，
石头也会如其所愿，变成软骨酥肉：
所以，我希望她那颗桀骜不驯的心能够对我降心俯首，
到那时，她会变得更加坚贞不渝，更加坚守。

求之不得只会让我更加痛苦、更犯愁，
得之我会更加乐悠悠。

解析：　正如用"最坚硬的大理石"刻雕像，雕像的美不会随着时间的流逝而消失。意中人的"冷酷无情"意味着她的美会永驻。诗人在这里又一次提及意中人"冷酷无情"的主题。他认为意中人像某种坚固不摧，不屈不挠（在这里是大理石）的物质。他希望自己能够"软化"她，并"制服她那颗顽固不化的心"。

Sonnet 52

SO oft as homeward I from her depart,
I goe lyke one that, having lost the field:
Is prisoner led away with heavy hart,
Despoyld of warlike armes and knowen shield[1].

So doe I now my selfe a prisoner yeeld,
To sorrow and to solitary paine:
From presence of my dearest deare exylde
Longwhile alone in languor to remaine.

There let no thought of joy, or pleasure vaine,
Dare to approch, that may my solace breed:
But sudden[2] dumps[3], and drery sad disdayne,
Of all worlds gladnesse, more my torment feed.

So I her absens will my penaunce make,
That of her presens I my meed may take.

注释：　　1. shield: 公认的盾徽。

　　　　　2. sudden: 非预谋的，不是故意的，没有预先考虑过的。

　　　　　3. dumps: 一曲哀歌。

第五十二首

常常会发生这种情况：当我踏上归途，离开我心爱的姑娘，
我就会像一个俘兵，丢了战场：
倍感心意沉沉，活脱脱儿一副囚徒的模样，
丢了盔，卸了甲，也被缴了枪。

如今的我心甘情愿沦为贱奴，向她归降，
深陷孤独，把痛苦和悲伤的滋味品尝：
从我心爱的姑娘身边流亡，
久久埋在郁闷中，独自悲伤。

空洞、无益的快乐和愉逸之想，
滋生慰藉，别让它们靠近我身旁：
但突如其来的忧郁曲调和凄凄惨惨的悲凉，
更用红尘间的欢愉把我的苦恼喂养。

所以，我要把她的缺位看作补赎的空档，
这样，再出现在她的面前便可能是我得到的奖赏。

解析：诗人在这里用俘虏的形象代表说话人（而他爱的女子是捕获者）。第二至第三行中，诗人运用明喻来表达丢掉战场，丢盔卸甲，被捕获者带走的俘虏的忧伤。诗人写到俘获者的缺位让自己感到自己被流放。最后的警句中，诗人从俘虏的形象转向宗教形象。由此看出她在他心中缺位的结果就像赎罪的苦行。这一点暗示作者为自己所做的某件事悔恨交加。很可能诗人已经认识到自己将她从自己身边赶走是一个罪过。在前几首诗中，他们的关系出现了摇摆不定的现象。原因是她看到了他给她的纸片上所写的东西（第四十八首中，她将那些纸片付之一炬）。

Sonnet 53

THE panther, knowing that his spotted hyde,

Doth please all beasts, but that his looks them fray[1]:

Within a bush his dreadfull head doth hide,

To let them gaze, whylest[2] he on them may pray[3].

Right so my cruell fayre with me doth play,

For with the goodly semblant[4] of her hew[5]:

She doth allure me to mine owne decay[6],

And then no mercy will unto me shew.

Great shame it is, thing so divine in view[7],

Made for to be the worlds most ornament:

To make the bayte her gazers to embrew,

Good shames to be so ill an instrument[8].

But mercy doth with beautie best agree,

As in theyr Maker[9] ye them best may see.

注释：　　1. fray: 使恐怖，吓唬，威胁。

　　　　　2. whylest: 直到……为止；到。

　　　　　3. pray: 捕获；捕食；〔古语〕战利品，掠夺品，赃物。

　　　　　4. semblant: 形象。

　　　　　5. hew: 样子，外貌。

　　　　　6. decay: 毁灭.

　　　　　7. view: 外貌，外表。

　　　　　8. instrument: 沦为作恶者的工具，让良善受到侮辱。

　　　　　9. Maker: 上帝。

第五十三首

深知自己的斑点皮讨百兽欢喜，
而尊容却令其不寒而栗：
于是黑豹便把自己那颗凶神恶煞般的头颅藏在灌木丛里，
成功抓到猎物，就在对方凝神注视他那张迷人的花皮之际。

我那位残忍无情的佳人跟我也玩起这个把戏，
如花似玉般美丽的脸蛋可谓玉骨冰肌：
她以此将我诱惑，让我自投罗网，毁灭自己，
可她竟然没有一分一毫慈悲怜悯之意。

一顾一盼酷似天仙女神的她实际上可耻至极，
造物主造她时，原本把她的顾盼当作极致饰品，让世界装点得更美丽：
可她却把自己的顾盼当成诱饵，诱惑注视她的人，并将其一眼击毙。
可耻啊！她竟然把美貌当成了作恶的工具。

但慈悲与美貌是相得益彰，完美的统一体，
这一点在造物主身上历历可考，你可在祂身上看得最清晰。

解析：　这首诗的主要意象是猎食动物与猎物。诗人直接将他的心仪和一头黑豹做对比（也许是豹子，因为 panther 这个词泛指大型猫科动物）。就像豹子藏在树丛中，用漂亮的豹皮将其他野兽吸引过去一样，他心仪的姑娘也用美色将他诱入暗藏的危险之中。她诱惑他自取灭亡，但却没有因为伤害他而表现出一丝一毫心慈手软。诗人认为心仪用自己的美色作诱饵是一种奇耻大辱。在诗人看来美人更应以慈悲为怀。因为慈悲和美貌才是黄金搭档。这一点从"它们的造物主"上帝的性格里就能窥见一二。

Sonnet 54

OF this worlds Theatre in which we stay,
My love, lyke the spectator, ydly sits
Beholding me, that all the pageants play,
Disguysing diversly my troubled wits.

Sometimes I joy, when glad occasion fits,
And mask[1] in myrth lyke to a comedy:
Soone after, when my joy to sorrow flits,
I waile, and make my woes a Tragedy.

Yet she, beholding me with constant eye[2],
Delights not in my merth, nor rues[3] my smart[4]:
But when I laugh, she mocks, and when I cry
She laughes, and hardens evermore her hart.

What then can move her? yf nor merth, nor mone[5],
She is no woman, but a sencelesse stone.

注释: 1. mask: 戴面具。
        2. eye: 女人总是被看成水性杨花。
        3. rues: 可惜。
        4. smart: 伤害。
        5. mone: 呻吟，哼；〔古、诗〕悲叹，哭。

第五十四首

我们驻足于这座红尘剧院中，
我心爱的姑娘漠然处之地坐在那里，酷似一个冷眼旁观的观众，
看我变换角色，样样种种，
使用各种戏服道具，只因为我很紧张，心跳得扑通扑通。

有时候，恰逢气氛乐融融，
我也会扮演喜剧角色，戴上一副面具，脸上堆起笑容：
可转眼喜极悲来，欣欣然刹那间让位于忧心忡忡，
于是我又演起悲剧角色，上演忧伤、难过、苦恼。我哀号，我悲恸。

可她只盯着我，那一对儿美眸一动也不动，
既不乐我乐，也不痛我的痛：
我哭，她笑；我笑的时候，她挖苦嘲弄，
至始至终都板着脸，无动于衷。

倘若喜笑哀哭都没有效果，那还有什么能敲开她的心门？
她是块无知无觉的石头，不是女人。

解析： 在这首诗里，诗人用剧院表达自己的处境。这在整个《爱情小唱》中还是第一次。他将世界比作一座剧院，
我们均在其中逗留。他的心仪是一位观众，而他则是一位蹩脚的演员。主题是义无反顾的爱，诗人的语气显
示他的挫败感已从烦恼升级为生气。

最后的金句为这件事儿提供了一个解答。诗人的语气听起来很挫败，因为他各种办法用尽，依然得不到
女子的青睐，根本不知道怎样做才能打动讨意中人。头韵字母"m"闷声闷气的声音是对挫败感的强化
（"move""mirth""moan"）。所以说话人得出结论："她不是女人，而是一块 无知无觉的石头"。

Sonnet 55

SO oft as I her beauty doe behold,
And therewith doe her cruelty compare:
I marvaile of what substance was the mould[1]
The which her made attonce so cruell faire.

Not earth; for her high thoghts more heavenly are,
Not water; for her love doth burne like fyre:
Not ayre; for she is not so light or rare[2]:
Not fyre; for she doth friese with faint desire.

Then needs another element inquire
Whereof she mote be made; that is the skye.
For to the heaven her haughty lookes aspire:
And eke her mind is pure immortall hye.

Then sith to heaven ye lykened are the best,
Be lyke in mercy as in all the rest.

注释： 1. mould: 物质。
2. rare: 变纯洁的。

第五十五首

我常常会看着她那张千娇百媚的桃腮杏脸，
并将其与她的冷酷无情对照一番，
她残忍、无情，可又那么妩媚娇艳，
她究竟是用什么材料做成的？对此，我大为惊叹。

不是土；因为她的崇高思想是那么脱俗超凡，
亦非水；因为她的浓情烈如火焰：
不是气；因为她不稀薄，也不轻贱：
亦非火；因为她不受一丝一毫欲望的熬煎。

那么，有一种材料就有必要查看查看
用来造她的很可能是天。
因为她那张睥睨一切的脸总是高高抬起，把天仰瞻：
而且她的心底永远那么纯良，志存高远。

既然你在其他各方面和天最像，不分轻轩，
请你也和天一样，以仁慈悲悯为念。

解析：　在这首诗中，诗人对意中人美颜的构成材料做了一系列分析，既考虑到她的妩媚标致，又考虑到她的冷酷无情。第二节他发现四种元素都不是造就她的物质，于是断言肯定是"另一种"材料塑造了她的本质。这种材料就是"天"。诗人在第三节中说唯有天才最有可能是构造她的材料，因为"她的头总是抬得高高地朝上看，而且她的心底永远都是那么纯良，志存高远"。与其他诗篇采用的方式一样：诗人在最后的警句中直截了当恳求意中人：因为她最像"天"（同时指碧天和天国），所以她就应该和"天"一样心存慈悲之念。她的美德来自天，所以她应该允许慈悲为怀的美德住在自己身上，以此代替刻薄横蛮。

Sonnet 56

FAYRE ye be sure[1], but cruell and unkind,
As is a tygre, that with greedinesse
Hunts after bloud, when he by chance doth find
A feeble beast, doth felly[2] him oppresse.

Fayre be ye sure, but proud and pittilesse,
As is a storme, that all things doth prostrate:
Finding a tree alone all comfortlesse,
Beats on it strongly, it to ruinate.

Fayre be ye sure, but hard and obstinate,
As is a rocke amidst the raging floods:
Gaynst which a ship, of succour desolate[3],
Doth suffer wreck both of her selfe and goods.

That ship, that tree, and that same beast am I,
Whom ye doe wreck, doe ruine, and destroy.

注释：   1. sure: 的确，确实，无疑；必定，一定.
          2. felly: 残忍地。
          3. desolate: 没有任何人帮助。

第五十六首

你美是美，但却残忍无情，又不和善，
就像老虎，生性凶狠，当它发现一只软弱无力的动物于偶然间，
顿时垂涎三尺，嗅着血的味道，紧随其后，将其扑倒，生吞活咽，
简直是残忍到了极点。

你美是美，但却心狠手辣，又清高傲慢，
恰似那刮倒一切，降服万物的狂风一般：
当它发现有一棵树孑然独立，离其他树很远，孤孤单单，
于是便疯狂地将它吹打，直至它叶落枝断。

你美是美，但却冥顽不化又凶残，
仿佛怒潮中的一块礁岩：
假使一只孤零零，毫无救援希望的船，
让自己和货物一股脑儿撞上去遭难。

我就是那颗树，那头动物，那艘舰
是你将它吹得叶落枝断，把它扑倒消灭，让它遭遇三长两短。

解析： 诗人在这首诗中用了一连串明喻将意中人的天仙之貌和冷若冰霜做了一番对比。说她像"垂涎欲滴，闻着血的味道猎食的老虎"，像"吹倒一切的暴风雨"，又像"怒涛中的一块礁石"。诗人又为每一种能和她相提并论的东西安排了一个牺牲品而且每一种牺牲品都是无辜的，而且不应该受到如此对待：老虎找"脆弱的野兽"吞，暴风雨袭击一颗孤零零的树，岿然不动的礁石屹立在怒涛中引致"孤立无援的船舶触礁"。诗人将自己想成一个不走运，惨遭意中人虐待的受害者。他直言不讳地说"我就是那颗树，那头动物，那艘舰，是你将它吹得叶落枝断，把它扑倒消灭，让它遭遇三长两短。"这种对比是必杀之招，意中人想躲都躲不开。

Sonnet 57

SWEET warriour[1], when shall I have peace with you?

High time it is, this warre now ended were:

Which I no lenger can endure to sue[2],

Ne your incessant battry more to beare.

So weake my powres, so sore my wounds appeare,

That wonder is how I should live a jot,

Seeing my hart through-launchéd[3] every where

With thousand arrowes, which your eyes have shot:

Yet shoot ye sharpely still, and spare me not,

But glory thinke[4] to make these cruel stoures[5].

Ye cruell one! what glory can be got,

In slaying him that would live gladly yours?

Make peace therefore, and graunt me timely grace[6],

That al my wounds will heale in little space[7].

注释:　1. warrior: 一个很有名的派特拉克式矛盾修辞法。

2. sue: 作战。

3. launchéd: 被刺穿的。

4. thinke: 你认为它很荣耀。

5. stoures: 战役。

6. grace: 在我毁灭之前可怜我。

7. space: 不久之后，很快。

第五十七首

美斗士啊，我什么时候才能与你和平共处？
现在该是时候将咱们俩之间的这场战争结束：
我再也无法忍受你连续的炮轰和追逐。
你的连珠炮永无息止，反反复复：

我疲倦无力，一道道伤痕也让我感到非常痛苦，
眼见你不依不饶，而且从眼睛里射出，
射出千万只刺穿我心房的箭簇。
不过，这可真是奇迹哟，即便这样，我怎么仍然还有呼吸吞吐：

你的眼睛没完没了地射出雨点般的箭簇，犹如雨点，那股子狠劲依然如故，
你把这一场场战役视作光荣而非耻辱。
誓将乐为你生的他杀戮。
这样做能有什么荣耀哟，我的美人？你实在太冷酷！

因此，请你可怜可怜我吧，跟我讲和，咱们俩要和和睦睦
这样，我所有的伤就会立刻彻底痊愈，药到病除。

解析： 说话人将自己大胆的求爱之举比作一场战役。在第一节中，说话人称呼意中人为"美斗士"，并发问何时才
能与她达成"和平"协议。说话人告诉意中人他想结束这场战争。他将意中人刻画成侵略者，声称自己已经
无法忍受她"持续不断的炮轰"。第二节中说话人告诉意中人，他的心也无法幸免于从她眼睛里射出的"成
千上万簇箭"。他质问意中人，"杀掉愿意活在你荣耀中的人，你自己究竟能得到多少光荣？"。说话人在
结尾处发出求和声明，求她慈悲为怀。"这样，我所有的伤就会立刻愈合。"在这里，说话人又一次采用讽
刺修辞法，将自己几次三番向博伊尔表白的努力转化成一种防御她进攻的态势。而意中人的攻击实际上只不
过是拒绝接受对方的求婚。

Sonnet 58

By her that is most assured to her selfe.

WEAKE is th'assurance that weake flesh reposeth,
In her¹ owne power, and scorneth others ayde:
That soonest fals, when as she most supposeth,
Her selfe assurd, and is of nought affrayd.

All flesh is frayle, and all her strength unstayd
Like a vaine² bubble blowen up with ayre:
Devouring tyme and changeful chance have prayd³,
Her glories pride, that none may it repayre.

Ne none so rich or wise, so strong or fayre,
But fayleth, trusting on his owne assurance:
And he that standeth on the hyghest stayre
Fals lowest: for on earth nought hath enduraunce.

Why then doe ye, proud fayre, misdeeme so farre,
That to your selfe ye most assured are?

注释:　1. her: 肉体的。
　　　　2. vaine: 愚蠢又傲慢。
　　　　3. prayd: 被破坏的。

第五十八首

以最自以为是的她的口气

柔弱之躯依仗的夜郎自大软弱无力，不中用，
相信自己有能力，而且瞧不起他人的援手，对别人的鼎力相助加以侮弄：
当她自以为自己最有把握，最有恃无恐，
那时，很快就会稀里哗啦瓦解土崩。

凡胎肉体皆羸弱，体力无法持久，最终都会消失得无影无踪，
正如那如梦如幻的肥皂泡一般，只需一丝风儿吹来，便破裂在半空中：
自鸣得意的傲慢样无人补救，无人能将其归正，
终究会被狼吞虎咽的时光和变化莫测的命运洗劫一空。

没有任何智者或强者，也没有一个颜值爆表的绝代佳人或腰缠万贯的富翁，
能靠相信自己的自大取得成功：
爬得最高的人跌得最重：
人世间没有一样东西能够经久不衰到永恒，

那么，骄傲的美人哟，你为何如此错误地相信自身，
执迷不悟到这个地步，以致于只对自己才最信任？

解析：　《爱情小唱》的调子在中这首诗中发生了变化。

诗的开篇就是一个不同寻常的改变：在正诗之前设置了一个副题 "By her that is most assured to her selfe"，或曰题献。这个变化暗示说话人一改之前听从自己心灵呼唤创作，转而将自己假设成意中人，听从她心灵的呼唤创作。

这种创作手法也使这首诗鹤立鸡群。意中人最后对她为何拒绝说话人表白作何解答——这里潜藏着一种希望：那就是她现在要以身相许，报答说话人的一片衷心。

Sonnet 59

THRISE happie she, that is so well assured
Unto her selfe, and setled so in hart:
That nether will for better be allured,
Ne feard[1] with worse to any chaunce to start[2],

But, like a steddy ship, doth strongly part
The raging waves and keepes her course aright:
Ne ought for tempest doth from it depart,
Ne ought for fayrer weathers false delight.

Such selfe assurance need not feare the spight
Of grudging foes, ne favour seek of friends:
But in the stay[3] of her owne stedfast might,
Nether to one her selfe nor other bends.

Most happy she that most assured doth rest,
But he most happy who such one loves best.

注释: 1. feard: 受惊吓的。

         2. start: 意思是没有什么不幸灾祸能让她改变。

         3. stay: 向导和靠山。

第五十九首

她开心，快乐，且飘飘然，十分自信。
对自己有十足的把握。
这种达到狂妄程度的自信在她的心中深深扎下了根：
她永远都不会被鸿运诱惑勾引，
也不怕开始任何一段儿更糟糕的背运。

而是像一艘气定神闲的船，无惧大风大浪，依然故我，奋勇前进，
航线不变，很强大，也很十拿九稳：
不会因为一场暴风雨的来临
偏离航道，也不会因为风和日丽的笑面虎天气而颠倒神魂。

这种自信无惧怀恨在心的敌人的怨恨，
也不爱把两肋插刀的朋友找寻：
只靠自己那坚定不移的力量导引和帮衬，
不与自己妥协，也绝不会在任何人面前自缚舆槎。

最自信的女人最幸福，最快乐，最欢欣，
最爱这种自信的女人的男子是最幸福、最快乐，最开心的人。

解析： 这首诗延续了第五十八首诗谈论的自信的主题。但这次纯粹是诗人的声音。第一节中说意中人对她的自信和心如止水感到"无比开心"。说话人不再对她的傲气表示不满，相反，他开始夸她的坚韧不拔。第二节中，诗人还把她比作"稳如泰山，无惧风浪，依旧沿着航道前行的船"。在这里，她的自信被看成一种正能量特质。在结尾的对句中，说话人解释了自己态度的转变："最自信的女人最幸福，快乐之至，最幸福、最快乐的是最爱这种自信女人的男子。"其中暗含的意思是那位意中人最后终于选择嫁给诗人，也就是那个"最爱她"的男人。诗人很开心，并将所有以前针对她傲气的批评来了个一百八十度大转弯。赞美她的傲气是不屈不挠精神的体现。

Sonnet 60

THEY that in course of heavenly spheares are skild,
To every planet point[1] his sundry[2] yeare:
In which her circles voyage is fulfild,
As Mars in three score yeares[3] doth run his spheare

So since the wingéd God his planet cleare,
Began in me to move, one yeare is spent[4]:
The which doth longer unto me appeare,
Then, al those fourty which my life outwent[5].

Then by that count, which lovers books invent,
The spheare of Cupid fourty yeares containes:
Which I haue wasted in long languishment,
That seemd the longer for my greater paines.

But let me loves fayre Planet short her wayes
This yeare ensuing[6], or else short my dayes.

注释: 　1. point: 指定。

2. sundry: 特定的。

3. yeare: 天体转一圈需要的时间。斯宾塞将火星沿自己的轨道绕一圈的周期定为 60 年，而不是正确的
七十九年。理由可能是因为他写了六十首十四行诗后才追到心仪的女子。

4. spent: 斯宾塞打趣地为爱神丘比特造了一个天体——恋人的身体。而且宣称这颗爱星已经运转了四十年。

5. outwent: 穿过。1594 年时斯宾塞四十岁。四十也让人联想到四旬斋。

6. ensuing: 接着的，后面的。

第六十首

那些研究各种天体运行规律的人，在这方面很有技艺，
他们指定了每一颗行星各自的运行周期：
每颗行星的运行都依着自己的运行轨迹。
就拿火星来说，火星运行一周所需的时间刚好是六十个四季。

据此推断，那尊背生双翼的小爱神之星的运行周期就很清晰：
它已运行了一年，当然，得从祂开始附在我身上的那个时间节点算起：
这段时间，与我已经活过的四十个春夏秋冬相比，
长了一些，这一点确切无疑。

根据恋爱宝典中所列出的算法计，
丘比特之星的运行周期是四十归一：
而这些时间统统都被我浪费在烦恼里，
而且似乎我越苦恼，就越感觉我这场爱情长跑可以说是：怎么也跑不到底。

但接下来的这一年哟，请让我心仪的佳人缩短她那颗美丽行星运行的距离，
结束这场爱情长跑，否则就让我早点归西。

解析： 诗人又回到烦恼和焦躁不安的心境中。但这里的烦恼和焦躁并非因为意中人拒绝他的求婚，而是因为马上就
要到他们喜结良缘的佳期。他在思考不同行星绕太阳一圈所需要的不同时间。从这首诗里，诗人和意中人的
佳期似乎已经确定下来，日期大约从现在算起一年之后。而且，诗人已经急不可耐地想要和这位他已经追求
了一年时间的女子完婚。还有一个证据更可说明他迫不及待想要完婚的想法。那就是他将自己已到不惑之年
这种私密性个人信息都透漏给读者：他已经不年轻了（尤其根据伊丽莎白时期人的平均寿命），所以很想早
点儿与心爱的姑娘喜结连理，以免拖得太久，老得无法享受婚姻的甜蜜。

Sonnet 61

THE glorious image of the Makers beautie,
My soverayne saynt, the Idoll of my thought[1],
Dare not henceforth, above the bounds of dewtie,
T'accuse of pride, or rashly blame for ought.

For being, as she is, divinely wrought,
And of the brood of Angels hevenly borne:
And with the crew of blessed Saynts upbrought,
Each of which did her with theyr guifts adorne;

The bud of joy, the blossome of the morne,
The beame of light, whom mortal eyes admyre:
What reason is it then but she should scorne,
Base things that to her love too bold aspire?

Such heavenly formes ought rather worshipt[2] be,
Then dare be loved by men of meane degree.

注释: 　1. 第一和第二行是第三行中 dare 的宾语。他命令自己不控告，也不埋怨他的圣徒。

　　　　2. Worshipt: 意思可能是"尊敬；尊重；给与荣誉，给与……的光荣"。

第六十一首

造物之美的形象那么辉煌，

是我至高无上，冰魂雪魄的圣徒，我思想的偶像。

她远在九霄云外，高高在上，

我岂敢谴责她的傲慢，岂敢无缘无故挑她的错儿，岂敢轻率鲁莽。

因为她无出其右，绝世无双，

出身仙门，属于天使一族，系在九天生养：

与圣洁绝尘的天神们一起成长，

天国里的诸位天神用各自的神能天赋将她武装；

她是喜乐之幼芽清纯，晨之花儿芬芳，

她是烁烁白昼之光，红尘凡夫对她无限敬仰：

粗卑之人喜欢她，大胆果敢地向她表达一腔爱慕之衷肠，

但却遭她嘲笑，这又是为了哪一桩？

这种绝代仙范理应更加受人膜拜，被人视作信仰，

粗俗卑微之人又怎么敢对她生出情深一往的非分之想？

解析：　说话人在这里为意中人的自负辩护。他是在对诋毁她的那个人说话。第一节中，他告诉那位人君，谴责她骄
傲的时候不要"太过火"。说话人辩驳到：她是"上天的杰作"，故而理应"受人仰视崇拜"，而非被凡夫
俗子所爱。说话人的语气跟最近几首诗中语气的变化保持一致——她已经同意嫁给他，所以说话人的爱情长
跑已经结束。现在，他毫不含糊地称呼对方为他的"至高无上的圣徒，我思想的偶像"。以前他曾谴责她的
自负，如今却反对起别人对其自负的苛责，为她的自负辩护。

Sonnet 62

THE weary yeare his race now having run,
The new begins his compass course anew:
With shew of morning mylde he hath begun,
Betokening peace and plenty to ensew[1],

So let us, which[2] this chaunge of weather vew,
Chaunge eeke our mynds, and former lives amend
The old yeares sinnes forepast let us eschew
And fly the faults with which we did offend.

Then shall the new yeares joy forth freshly send,
Into the glooming[3] world his gladsome ray:
And all these stormes, which now his beauty blend[4],
Shall turne to caulmes, and tymely cleare away.

So likewise, love, cheare you your heavy spright,
And chaunge old yeares annoy to new delight.

注释： 1. ensew：紧随其后。

2. which：=who。

3. glooming：昏暗的。

4. blend：污染。

第六十二首

疲倦的旧岁已跑完让人困乏疲软，难以忍耐的比赛，
新年动身上马，赶赴行程，开始把它的脚步迈：
通过展露晨光的温柔与和蔼，
将宁静和紧随其后的丰足承诺表白，

让我们随着这冬去春来的季节交替也来，
与时俱进吐故纳新，把老一套的活法改一改，
将去年所犯的一个个罪过统统躲开，
躲开所犯的过错，躲开那些过错所造成的伤害。

如此这般，焕然一新的春天便会为我们送来新的欢乐开怀，
令人愉悦的明媚春光会驱走悲哀：
与新年之美交织在一起的这一场场风暴也将不再，
风将止，雨将歇，不留一丝儿阴霾。

你也该打起精神噢，我的爱，
用新年的甜美喜悦将那旧岁的忧愁烦恼替代。

解析： 作为第二个年头的开篇之作，这首诗采用了顿呼修辞法，直接对意中人说话，鼓励意中人"甩掉沉重的不愉
快，快乐开怀"。因为季节已经转换，阴沉沉的冬季已经过去，现在复又是明媚的春天。所以，说话人也一
改之前的沮丧，重新开始对心爱的姑娘满怀热烈的爱慕之情。但应指出，新年在这里指伊丽莎白纪年的三月
二十五日，而不是元月一日。因为三月才是春冬交替的时节。

Sonnet 63

AFTER long stormes and tempests sad assay[1],

Which hardly[2] I endured heretofore:

In dread of death, and daungerous dismay,

With which my silly[3] barke was tosséd sore[4].

I doe at length descry the happy shore,

In which I hope ere long for to arrive:

Fayre soyle it seemes from far, and fraught[5] with store[6]

Of all that deare and daynty is alyve.

Most happy he that can at last atchyve

The joyous safety of so sweet a rest:

Whose least delight sufficeth to deprive

Remembrance of all paines which him opprest.

All paines are nothing in respect of[7] this,

All sorrowes short that gaine eternall blisse.

注释： 1. assay: 猛袭，袭击，突击。

2. hardly: 几乎没有成功，而且很艰难。

3. silly: 脆弱的，虚弱的。

4. sore: 悲痛的，痛苦的。

5. fraught: 有精神负担的，心情沉重的，苦恼的。

6. store: 大量的，许多。

7. of: 相比较。

第六十三首

经过一次次狂风暴雨长期的，严峻的考验，
迄今为止，我的忍耐已经到了的极限：
恐怖死神令人沮丧愕然，
我这艘弱不堪言的小船，在危机重重的巨浪狂澜中剧烈地动荡簸颠。

最终，看到令人感到愉悦的海岸，
我久久期许很快能到岸边，
那块大陆远眺起来那么好看，
那里地大物博，出产的美味珍品有千千万万。

谁能最终安然无恙抵达那个休养点，
那人一定最幸福，也最欣然：
想起所受的痛苦忧烦，
一丝丝儿快乐就能够让他意足心满。

与此相比较而言，所有痛苦都会消失于弹指一挥间，
忧伤也会转瞬即逝，只要能获得白头偕老的幸福与忻欢。

解析： 这首诗始于"经历了漫长的暴风雨袭击"之后。在第二节中，说话者打比方说自己海航归来，现在能够远远地看见"已经期盼很久的 / 令人感到快乐的海岸"。单相思的焦虑已经结束，现在，意中人已经同意嫁给他，说话人现在能够期许自己和爱人新生活开始的那一天。长达一年之久的痛苦烦恼仍然记忆犹新，只不过现在他看待这种痛苦经历的角度发生了变化。说话人已经实现了自己的目标，赢得了意中人的芳心。所以，他在最后的警句中总结道："只要赢得厮守一生的快乐，那么，所有为此而承受的痛苦烦恼焦虑都是短暂。"

Sonnet 64

COMMING to kisse her lyps, (such grace I found)
Me seemd I smelt a gardin of sweet flowres:
That dainty odours from them threw around,
For damzels fit to decke their lovers bowres.

Her lips did smell lyke unto Gillyflowers[1];
Her ruddy cheekes, lyke unto Roses red:
Her snowy browes lyke budded Bellamoures[2];
Her lovely eyes lyke Pincks but newly spred,

Her goodly bosome lyke a Strawberry bed;
Her neck lyke to a bounch of Cullambynes[3]:
Her brest lyke lillyes, ere theyr leaves be shed;
Her nipples lyke yong blossomd Jessemynes[4],

Such fragrant flowres doe giue most odorous smell,
But her sweet odour did them all excell.

注释： 1. Gillyflowers：各种香气芬芳的紫丁香。

2. Bellamoures：花名未确定，意思是"美丽的情人"。

3. Cullambynes：美洲耧斗菜。

4. Jessemynes：茉莉花。

第六十四首

来吻（我发现这是巨大的恩典）她的玉唇，
在我就像有满满一园花儿要闻：
园子里百花争奇斗艳，四溢芳芬，
那些花儿很适合让靓女们采来放在情人的卧室里，当作装饰品。

她的香唇吐出的气息像紫丁香一般芳馨，
玲珑剔透的脸颊宛如两朵玫瑰花儿一般红殷殷：
蠓首蛾眉好似含苞的情人花儿待放欲喷，
一对儿明澈的美眸好似初放的石竹花儿，装点出一段儿动人的精气神。

一胸白里透红的雪域斜露暗香浮动，满合酥温，
脖颈如蜻蜓一般粉粉白白，又冰肌玉润：
一双明月恰似含苞欲放的百合，深藏罗罗翠叶，紧贴胸襟，
最断肠处是那两点儿珊瑚，好似花翻蝶梦，露花凉沁。

似锦繁花百娇艳，馥郁缤纷，
唯有我的那个她气若幽兰，卓然超群。

解析：　第一节中，说话人说他如今已经不再满足于注视她的眼睛和秀发，还想接近意中人，"吻她的朱唇"，他还
将这个动作形容成一种像"恩典"的东西。当他吻她的时候，他能嗅到她的香气，于是接下来就将自己从爱
人身上所嗅到的各种香气进行分类。并运用一连串明喻对这些香气进行描述：佳人的香唇闻起来像紫罗兰，
脸颊像玫瑰，眉毛像迷人的情人花，美眸像"石竹花"……前面的诗里所展现出的，凄凄惨惨戚戚，被拒之
千里之外的倾慕让位于肌肤相亲——所有这一切都发生在婚期之前。然而，他赞美的只是"香气"，而非真
正的身体部位——除了吻，身体接触尚未发生，所以，他有清清白白表达自己情欲的自由。

Sonnet 65

THE doubt which ye misdeeme[1], fayre love, is vaine,

That fondly[2] feare to loose your liberty,

When loosing one, two liberties ye gayne,

And make him bond that bondage earst dyd fly.

Sweet be the bands, the which true love doth tye,

Without constraynt or dread of any ill.

The gentle[3] birde feeles no captivity

Within her cage, but singes and feeds her fill.

There Pride dare not approch, nor Discord spill[4]

The league twixt them, that loyal love hath bound:

But simple Truth and mutuall Good Will,

Seekes with sweet peace to salve each others wound.

There Fayth doth fearlesse dwell in brasen towre,

And spotlesse Pleasure builds her sacred bowre.

注释：　1. misdeeme：误解。

2. fondly：愚蠢地。

3. gentle：高贵的。

4. spill：毁灭。

第六十五首

这个纯属误断错疑，枉自费神哟，美丽的姑娘。
你害怕失去单身贵族的自由，可这是瞎想。
因为你失去一份自由的同时，其实又会得到双份自由做报偿，
而且，还会将他这个之前曾经逃脱的奴隶重新用红绳子五花大绑。

维系真心的那一根根绳子哟多漂亮！
没有令人不开心的羁绊约束，也没有忧郁、顾虑，和断愁肠。
高贵的笼中之鸟不但感觉不到自己身陷牢狱监仓，
反而好吃好喝，高歌引吭。

忠贞不渝之爱的疆域有铁壁，有铜墙，
致使傲慢和纷争没有一分一毫靠近的胆量：
只有朴素的纯真，和彼此之间互存的善意之想望，
寻求用甜蜜的宁静为彼此止痛疗伤。

忠诚深居铜塔，无惧、无畏、不恐慌，
纯洁无瑕的欣悦在那里构筑她那神圣的香闺卧房。

解析：　从这首诗我们看出说话人的未婚妻对他们的前途存有一丝若隐若现的疑虑。第二节中，说话人向她保证她"怕失去自由的恐惧"毫无根据"连接两颗心的带子是那么甜美，那是真爱的同心结 / 没有任何约束，担心，或不善"。她不仅不会失去自己的自由，反而会获得"双倍的自由"。接着又将未婚妻与笼中的金丝雀做了一番对比。他声称"笼中之鸟虽在笼中，但却没有阶下囚的感觉"。在这种由忠贞爱情连接在一起的灵魂婚姻中没有褊狭、傲慢、与不和的位置。她不必害怕失去自由，因为（他相信）在神圣的婚姻中她只会更自由。

Sonnet 66

TO all those happy blessings which ye have,

With plenteous hand by heaven upon you thrown:

This one disparagement[1] they to you gave,

That ye your love lent to so meane a one.

Yee, whose high worths surpassing paragon[2],

Could not on earth have found one fit for mate,

Ne but in heaven matchable to none,

Why did ye stoup unto so lowly state[3]?

But ye thereby much greater glory gate,

Then had ye sorted[4] with a princes pere:

For now your light doth more it selfe dilate[5],

And in my darknesse greater doth appeare.

Yet since your light hath once elumind me,

With my reflex yours shall encreaséd be.

注释: 　1. disparagement: 失宠，受气；耻辱，出丑，丢脸。

　　　　2. paragon: 对比。

　　　　3. state: 阶层，等级，地位；身份；高级；显贵。

　　　　4. sorted: 完婚，成双成对。

　　　　5. dilate: 扩大，扩展，扩充；增大。

第六十六首

上苍手中握有无穷无尽的洪福绵绵，
祂赐予你所有那些快乐的祝福，万万千千：
诸神同时也给了你一种谪贬，
那就是让你把你的一腔至诚之爱给了一个卑贱男。

你的身价无与伦比，绝后空前，
红尘俗世间没有一个人适合与你鲽鲽鹣鹣，
也没有一个人配得上与你比翼双飞在九天，
可你为何偏偏要屈尊下嫁，把自己作践？

但你这样做，比起和一个王孙贵族种玉蓝田，
凤凰于飞，更加值得称赞：
因为现在你身上散发出来的光辉使你自己变得更耀眼，
在我黯淡无光的黑夜里显得更加灿烂。

那是因为你曾照得我满目生辉，炫丽无限，
而经我的反衬，你的光芒更璀璨。

解析： 他人的看法又一次进入诗人的思考范围，但这次他关心的是那些相信说话人的未婚妻纯属作践自己，下嫁他
这样一个男人的说法。说话人在第二节中表示，倾慕她就如同仰视一位"在红尘俗世间找不到一个能配得上，
而眼光应该朝上到仙界寻找仙侣"的凡间逸品。但在第三节中还是再次向她保证："现在你的光自我扩张，
在我的暗夜里显得更强、更辉煌"。她的谦恭和慈悲随着爱一起洒在说话人身上，仅仅是为了证明她胸怀之
宽广，心灵之高尚。

Sonnet 67

LYKE as a huntsman, after weary chace,
Seeing the game from him escapt away,
Sits downe to rest him in some shady place,
With panting hounds beguiléd of their pray.

So, after long pursuit and vaine assay[1],
When I all weary had the chace forsooke,
The gentle deare returnd the selfe-same way,
Thinking to quench her thirst at the next[2] brooke.

There she, beholding me with mylder looke[3],
Sought not to fly, but fearelesse still did bide:
Till I in hand her yet halfe trembling tooke,
And with her owne goodwill hir fyrmely tyde[4].

Strange thing, me seemd, to see a beast so wyld,
So goodly wonne, with her owne will beguyld.

注释： 1. assay: 试，企图。

2. next: 附近的。

3. looke: 从句法上很难看出谁是那个面色更温和的人。

4. tyde: 那时候，人们捕猎到小鹿以后不会立刻射死，而是绑起来或者装在网里。

第六十七首

恰似一个猎人千辛万苦，疲乏困倦，孜孜以求追猎了很长时间之后，
发现自己如影随形追踪的猎物已经从自己身边逃走：
于是他便停止狩猎，坐在一片阴凉处歇脚，憩休，
陪在他身旁的是那只被猎物欺骗的猎狗。

我久久徒劳无获地苦苦追求，
如今意志消沉，精疲力竭，已然决定放手。
可就在这时，那只温顺的小母鹿却从原路返回。她是那么姣好温厚，
想在我附近的小河里喝上那么一小口。

她盯着我看的时候目光更温柔，
无惧无恐地在那里停下来：没有一丝一毫的迟疑，没有想要寻找机会开溜。
直到我趁机紧紧抓住她的手，她依然半是坚定，半是颤抖，
心甘情愿被俘。我用她自己个儿的好意套住她，并将绳扣紧收。

对我而言，看到一头如此野性的小母鹿自愿被我捕获，似乎让人捉摸不透，
美人儿究竟为什么甘愿受自己意愿的欺诳而沦为阶下囚？

解析： 在这首诗中，说话人将自己以前用过的猎食动物与猎物这对儿意象来了一个一百八十度大反转。第二节中，
他将自己刻画成一个"经历了一场令人厌倦的长时间追逐的猎人"，把心上人刻画成一头"驯服的小鹿"。
这个意象似乎是受皮特拉克早期诗作的启发，只不过故事的结局大相径庭。这首诗人们常常叫"猎鹿诗"。
纵观诗歌史，我们不难发现，很多诗人其实都曾尝试过模仿别人的风格。皮特拉克的风格不仅有斯宾塞模仿，
英国诗人托马斯·怀特也模仿过。他的"谁想打猎"就是模仿了皮特拉克的"雾凇190"。我们只要将三首
诗做一番比较就能发现其中的端倪。

Sonnet 68

MOST glorious Lord of lyfe, that on this day[1]
Didst make thy triumph over death and sin:
And having harrowd hell, didst bring away
Captivity thence captive[2] us to win.

This joyous day, deare Lord, with joy begin,
And grant that we for whom thou didest dye,
Being with thy deare blood clene washt from sin,
May live forever in felicity:

And that thy love we weighing worthily,
May likewise love thee for the same againe:
And for thy sake that all lyke deare didst buy[3],
With love may one another entertayne[4].

So let us love, deare love, lyke as we ought[5]:
Love is the lesson which the Lord us taught.

注释:　1. this day: 指复活节。1594 年复活节是三月三十一日。

2. captive:《圣经》里说耶稣基督下地狱把那些值得救赎的灵魂拯救出来。

3. buy: 高价赎回。

4. with love may one another entertayne:《约翰福音》第十三章第三十四和三十五节经文: "我赐给你们
一条新命令,乃是叫你们彼此相爱; 我怎样爱你们,你们也要怎样相爱。你们若有彼此相爱的心,众人因
此就认出你们是我的门徒了。"《约翰福音》第十五章第十二节经文: "你们要彼此相爱,像我爱你们一样,
这就是我的命令。"

5. ought: 负有义务的。

第六十八首

生命的荣耀之主啊，正是在今天，
你打败死与罪，高升上天 凯旋：
带走俘虏，洗劫了冥王殿，
将我们这些罪恶深重的阴世囚徒带回人间。

亲爱的主啊，这是一个快乐的日子，以快乐开端，
你接纳了我们，为我们送命、牺牲、受难，
用你的鲜血荡涤我们身上罪恶的污点，
让我们得以幸福快乐地活到永远。

我们牢记你的真情，心怀崇敬之念，
我们会爱你，正如你为我们付出的真情一片：
你宅心仁厚，付出高昂的代价救赎众生，因着这一点，
我们也要用爱将彼此相连。

来爱吧，亲爱的，就照我们应该做的那么办，
爱是主教我们的功课，给我们的指点。

解析： 这是《爱情小唱》中的又一首圣日诗。复活节西方是一个重要节日——每年春分月圆之后第一个星期日。复
活日象征重生与希望。由于每年的春分日都不固定，所以每年复活节的具体日期也不确定。但节期大致在
3 月 22 日至 4 月 25 日之间。诗人在第一节中写到：今天是纪念 "最荣耀的生命之主战胜死亡与罪恶" 的日子。
在第二节中，诗人请求 "亲爱的主" 能够 "答应让他们——这些你为之而死的众生" 能够 "永远" 活在 "幸运"
中。我们可以看出，即使这样一个纪念耶稣基督复活的日子也被诗人用来为自己和心上人谋求幸福生活祝福。
最后的对句中他催促心上人 "让我们爱吧，亲爱的，正如我们应该的那样 / 爱是主教我们的功课。"

Sonnet 69

THE famous warriors of the anticke world,
Used trophees to erect in stately wize[1],
In which they would the records have enrold
Of theyr great deeds and valarous emprize[2].

What trophee then shall I most fit devize,
In which I may record the memory
Of my loves conquest, peerelesse beauties prise,
Adorn with honour, love, and chastity?

Euen this verse, vow'd to eternity,
Shall be thereof immortall moniment:
And tell her prayse to all posterity,
That may admire such worlds rare wonderment[3];

The happy purchase[4] of my glorious spoile[5],
Gotten at last with labour and long toyle.

注释:　　1. wize: 态度，样子，举止。

2. emprize: 计划，企图；事业，企业；工作。

3. wonderment: 令人惊奇的东西。

4. purchase: 取得物，获得物

5. spoile: 抢劫，掠夺。

第六十九首

古代那些名满天下的斗士，
竖起一座座纪念凯旋的丰碑，恢弘庄严之至：
他们把自己伟大的功绩和战事，
统统刻在纪念碑上，形成铭文，以此存之。

我应该设计一座什么样的丰碑才算最合适
用来记载我何以赢得心爱之人的芳心，何以成功将其挟制，
得到冠世超伦的奖赏，也就是这位卓然而立的女士，
并用爱、荣誉和贞操将她点缀装饰。

甚至这首我发誓将会名垂青史的诗，
也将从此走向永生，流芳万世：
向千秋万代传说她的赞词，
将她看作是人间的奇观来仰视。

我历经千辛万苦，又费尽心思，
最终喜得荣耀的猎获物——我心爱的女子。

解析：　在前两节中，诗人将"古代世界上著名斗士"的"丰功伟绩以及英雄壮举"与他自己的征服"绝代佳人奖"做了一番对比。因为这些古代斗士都是用竖立在大千世界的胜利纪念碑来纪念他们的胜利，所以，诗人也想用公开的形式来纪念他的胜利。在第三节中，他说他不会采用立纪念碑或者雕塑的方式，他要用的方式（可预测的）是将他的诗变成"永久的标记"，并要把对她的赞美"告知千秋万代"。斯宾塞对书面文字永久性的信念在这首诗中得到了体现。

Sonnet 70

FRESH Spring, the herald of loves mighty king,

In whose cote armour richly are displayd

All sorts of flowers the which on earth do spring

In goodly colours gloriously arrayd.

Goe to my love, where she is carelesse layd,

Yet in her winters bowre, not well awake:

Tell her the joyous time wil not be staid[1]

Unlesse she doe him by the forelock take:

Bid her therefore her selfe soone ready make,

To wayt on Love amongst his lovely crew:

Where every one that misseth then her make[2]

Shall be by him amearst[3]with penance dew[4].

Make hast therefore, sweet love, whilest it is prime[5];

For none can call againe the passed time.

注释:　1. staid: 延迟，耽搁。意思是: 如果她不赶快起来享受美好的春天，那么春光就会匆匆而逝。

2. make: = "mate 配偶"。

3. amearst: 以某种方式受到惩罚的。通常被拼写成 "amerced"。

4. dew: 同 "due"。任何女子，只要她不赶快找好自己的配偶，丘比特就会让她深感遗憾和惋惜。

5. prime: 春天。

第七十首

新春哟，伟大爱神的使者，
他的官服上美轮美奂地展示着，
人间之春开满姹紫嫣红的花儿千万朵，
百花争奇斗艳，五颜六色。

去吧，去见我那无忧无虑的娇娥，
她还没有醒来，依然在隆冬的闺房中躺卧：
去吧，去告诉她，快乐时光匆匆飞逝，不会迁延拖磨，
除非她有能力将其牢牢把握。

快快去吩咐她赶紧打扮，赶紧准备稳妥，
来迎接爱神，作为众多伺候爱神的女侍者之中的一个。
若是哪个女子的伴侣仍没着落，
爱神会立刻对她加以惩处诘责。

因此，趁这大好美景赶紧爱吧，别让这个大好机会白白放过，
青春一去不返，谁也无法让其回折。

解析： 诗人在这里又一次表现出对婚期迟迟不到的急不可耐之情。他催促春天——"爱神的传令官"到未婚妻正在
睡眠的"冬闺去叫醒她"。他想让春神"命令她赶紧做好准备，"尽快与他成婚。
直到最后的对句中诗人才对伊丽莎白·博伊尔说话。在此之前他一直把春神视作在他们之间传诗信使。春神
和爱神（爱神丘比特）通常组合在一起：因为春天是百花绽放，动物求偶的季节。春天也是改变的时节，是
新的开端。斯宾塞之所以谈论这个主题，是因为他和伊丽莎白·博伊尔的婚期正在逼近（后面只剩下 15 首诗，
这些诗刚好记录了斯宾塞单身状态的最后一段日子）。

Sonnet 71

I JOY to see how, in your drawen work,
Your selfe unto the Bee ye doe compare;
And me unto the spyder, that doth lurke
In close awayt[1] to catch her unaware.

Right so your selfe were caught in cunning snare
Of a deare foe, and thralléd[2] to his love:
In whose streight[3] bands ye now captivéd are
So firmely, that ye never may remove.

But as your worke is woven all above
With woodbynd flowers and fragrant eglantine[4]:
So sweet your prison you in time shall prove[5],
With many deare delights bedeckéd fine:

And all thensforth eternall peace shall see
betweene the spyder and the gentle bee.

注释： 1. awayt: 伏击；埋伏。
2. thralléd: 强制地。
3. streight: 紧。
4. eglantine: 野玫瑰。
5. prove: 找到，发现。

第七十一首

我很高兴地看到你在你创作的画儿里，
如何将你自己与一只小蜜蜂相比；
又把我比作蜘蛛，潜伏起来，等待时机，
时机一到，趁蜜蜂不注意时将其提缉。

温情脉脉的敌人设下一个陷阱，其手段可谓狡诈至极，
你被他逮住，从此后就沦落为爱的奴隶：
爱的丝带将你牢牢地捆系，
你永远都没有办法动弹，也无法逃离。

画面上那一朵朵儿忍冬花儿馨香四溢，
又有一朵朵芬芳鲜艳的木棉花鲜艳欲滴：
有朝一日，你会发现囚房之中香弥弥，
其中的装饰富丽堂皇无不招人欢喜。

从此后，人们将会看到蜘蛛和温柔的蜜蜂在一起，
和平相处，此情地久天长，此情绵绵无绝期。

解析： 在第六十八首和第六十九首诗中，诗人对捕获者和俘虏这组意象做了大逆转。在这首诗中，诗人依然保持了
这种翻转态势。只是这一次，诗人使用的道具是一幅画。这幅画是他心上人的作品。在画中，她将自己画成
一只蜜蜂，将他画成一只蜘蛛。这只蜘蛛"潜伏在附近／等待时机，趁她不注意的时候将她逮住。"但同时
又再次向她保证，这些"暗室不欺，明德惟馨之绳"会很轻柔。在最后的对句中，诗人保证，他们二人之间
如今的这种捕获者与俘虏的关系将会成为"蜘蛛与蜜蜂之间天长地久的和平"。

Sonnet 72

OFT when my spirit doth spred her bolder winges,
In mind to mount up to the purest sky,
It down is weighd with thoght of earthly things
And clogd with burden of mortality:

Where, when that soverayne beauty it doth spy,
Resembling heavens glory in her[1] light,
Drawne with sweet pleasures bayt, it back doth fly,
And unto heaven forgets her former flight.

There my fraile fancy, fed with full delight,
Doth bath in blisse and mantleth most at ease;
Ne thinks of other heaven, but how it might
Her harts desire with most contentment please.

Hart need not with none other happinesse,
But here on earth to have such hevens blisse.

注释: 1. her: 指代上一行中的 "beauty"。

第七十二首

每当我的心展翅飞翔，
飞到一碧如洗的九霄圆像：
沉甸甸的世俗观念往往压得它头垂气丧，
红尘间的羁绊总将它阻挡。

在那里，每当它看到那位至高无上的绝美形象，
其光辉就像天光般明灿辉煌：
可一旦受到甜蜜愉逸诱饵的诱惑，结果又朝红尘凡间转向，
并将此前飞向九天的旧旅，遗忘。

在那里，我脆弱不堪的幻想有满满当当的愉悦喂养，
安然地沐浴在至福天堂：
乐不思蜀，流连往返，只是想，
如何才能用最欣悦的满足感充溢她的愿望。

心儿啊，不需要任何其他的欢畅，
只在红尘俗世间享受这种天堂般的至福，乐淘淘，喜洋洋。

解析： 这是一首更形而上的十四行诗。在这首诗中，说话人考虑的是他的精神如何日复一日地"用世俗之观来衡量
幸福"。当他悲叹自己的世俗观念时，他就会看到"那位至尊佳人"，于是他的精神又飘飘然飞到"九霄"。
在心爱的人儿眼里，说话人看到的是"另一重天"，这重天维系着他与天国之间的联系。拥有这份人间天堂
般的爱让他很满足，他再也不需要"其他的幸福／只要在世间拥有这种天堂般的至福足矣"。

Sonnet 73

BEING my selfe captyvéd here in care,
My hart, whom none with servile bands can tye:
But the fayre tresses of your golden hayre,
Breaking his prison, forth to you doth fly.

Lyke as a byrd, that in ones hand doth spy
Desiréd food, to it doth make his flight:
Even so my hart, that wont on your fayre eye
To feed his fill, flyes backe unto your sight.

Doe you him take, and in your bosome bright,
Gently encage, that he may be your thrall:
Perhaps he there may learne, with rare delight,
To sing your name and prayses over all

That it hereafter may you not repent,
Him lodging in your bosome to have lent.

第七十三首

我自己在这里被牵念囚禁，沦为俘虏。
可我的心尚未沦为奴隶，不受约束：
除非你那头漂亮的金发将其缠住，
它会冲破牢笼，向你身边飞扑。

恰似一只鸟儿饥肠辘辘，
朝一个人的手上飞去只因它看见那人的手上有自己很想吃的食物：
我的心儿惯于在你炯炯有神的美眸里得到满足，
就像小鸟儿一般飞回去，向你的视线飞舞。

抓住他吧将他囚禁在你雪腻香酥的胸脯
他可以做你的奴仆：
在那里，他也许能带着旷古未有的欣忭为你的芳名吟诵诗赋
讴歌你的全部。

此后，你或许不会悔悟，
不会后悔将你的胸膛借给他，当成他的极乐洞府。

解析： 说话人在这首诗中又回到将自己比作俘虏这个意象上。他将自己的心比作笼中之鸟。只要看见她的"一丝金发"就会跳出笼子"飞向"心上人。他请求心上人对他那颗被囚禁的心儿好点儿，"温柔地囚禁"它，这样，他将"学会用罕见的欣悦歌颂她的芳名，让她的赞美传遍环宇"。

Sonnet 74

MOST happy letters[1]! Framed by skilfull trade,
With which that happy name was first defynd,
The which three times thrise happy[2] hath me made,
With guifts of body, fortune, and of mind.

The first my being to me gaue by kind,
From mothers womb derived by dew descent[3]:
The second is my sovereigne Queene most kind[4],
That honor and large richesse to me lent:

The third, my love, my lives last ornament,
By whom my spirit out of dust was raysed;
To speake her prayse and glory excellent,
Of all alive most worthy to be praysed.

Ye three Elizabeths, for ever live,
That three such graces did unto me give.

注释: 1. letters: 这里指的是构成 Elizabeth 这个名字的一串字母。

2. three times thrise happy: Elizabeth 这个名字总共由九个字母组成，而在斯宾塞生命中又恰巧有三位扮演过至关重要角色，名字都叫伊丽莎白的女士。

3. descent: 斯宾塞相信自己是英国东北部开夏郡一个古老的斯宾塞家族的后人。

4. kind: 天性，本性，性格；脾性；特质，特征。斯宾塞是伊丽莎白女王麾下的御用文人。受女王赏赐颇丰。

第七十四首

啊，最幸福的字母！成就这串儿最幸福的字母的手法的确别具匠心。
这串字母先是确定下这个名字的身份：
接着又给予我三重三倍的幸运，
正是这个名字赋予我肉体，赐予我财富，也充实了我的灵魂。

第一位叫这个善良名字的是我的家母。是她生了我的身，
我血统高贵，出身名门，
第二位是我那至高无上的、仁慈的女主君，
是她赐予我荣誉，和金银。

最后一位就是那个我心爱的人、也是我生命的饰品，
是她将我的灵魂从卑微之泥中提升起来，使之不染纤尘：
让我赋写赞歌，歌颂她的荣耀超凡绝伦。，
她是世人中那个最值得我赞美的人。

愿三位伊丽莎白万世长存，
是她们三位给了我三倍的荣耀和福分。

解析：　这首诗涉及到在斯宾塞生命中扮演过至关重要角色的三位名叫伊丽莎白的女士。第一位是给予他生命的母亲；
第二位是给予他荣耀和财富的，"至高无上的伊丽莎白女王"；第三位就是伊丽莎白·博伊尔，亦即"我生
命的最后一件饰品 / 是她抹去我灵魂上的浮尘"。三位伊丽莎白在诗人的笔下平分秋色，诗人给予她们三位
同等的赞美。但对未婚妻博伊尔的赞美整整写满了一个诗节（不过，这本诗集本来就是为她创作的）。诗人
接着又将三位伊丽莎白比作"三种这样的荣耀"，这三种荣耀实际上，则暗指希腊神话中的美惠三女神。在
古人的心目中，美惠三女神是所有幸事赐福和道德行为的源泉。

Sonnet 75

ONE day I wrote her name upon the strand[1],
But came the waves and washed it away:
Agayne I wrote it with a second hand[2],
But came the tyde, and made my paynes his pray[3].

"Vayne man, "sayd she, "that doest in vaine assay[4],
A mortall thing so to immortalize!
For I my selve shall lyke to this decay,
And eek[5] my name bee wypéd out lykewize[6]."

"Not so, (quod[7] I) "let baser things devize,
To dy in dust, but you shall live by fame:
My verse your vertues rare shall eternize,
And in the hevens wryte your glorious name;

Where, whenas death shall all the world subdew,
Our love shall live, and later life renew.

注释:　　1. strand: 海滩，沙滩。

2. second hand : 手写。

3. pray: 猎获物。

4. assay: 尝试。

5. eek: 又。

6. lykewize: 图谋；企图。

7. quod: 说。

第七十五首

一天，我把她的芳名写在海滩，
海浪冲来，芳名一洗不见：
于是我重新写了一遍，
可潮汐袭来，将我写下的字统统席卷。

"痴心妄想的家伙"她说，"竟想徒然
将无常的俗物变成永远。
我本人会烟消云散，
我的名字也会被彻底摧残。"

"不要，不要"，我说，"归不归尘，就让那些俗物去谋算，
但美名会让你永生万年：
我的诗会让你的美德世代流传，
而且我还会把你的美名写在九天。

死亡会让世间的一切雾散云敛，
但在诗歌中，我们的生命会永续，我们的爱会永远。

解析：　说话人不遗余力，想方设法使心上人的芳名传诸永远。他将她的名字写在"海滩上"但却被海浪一洗而光。
　　　　他又写了一遍，结果再一次被潮水一抹而尽。当未婚妻因为他尝试这件不可能达成的任务而将他叫作"徒劳
　　　　无功的人"时，他又把话题转移到自己的诗歌上。他将自己的诗篇变成一种永恒不休的源泉，反驳说她自己
　　　　的肉体"也会像这些海滩上写下的名字一样衰弱式微"，并且骄傲地声称"我的诗篇将你的美德变成永恒 /
　　　　把你的荣耀芳名写入天国。"即使死神"将世间万物镇压"，他的诗篇也会永世流芳。

Sonnet 76

FAYRE bosome, fraught with vertues richest tresure,
The neast of love, the lodging of delight:
The bowre of blisse, the paradice of pleasure,
The sacred harbour of that hevenly spright;

How was I ravisht with your lovely sight,
And my frayle thoughts too rashly led astray!
Whiles diving deepe through amorous insight,
On the sweet spoyle of beautie they did pray.

And twixt her paps, like early fruit in May,
Whose harvest seemd to hasten now apace:
They loosely did theyr wanton winges display,
And there to rest themselves did boldly place.

Sweet thoughts, I envy your so happy rest,
Which oft I wisht, yet never was so blest.

第七十六首

美丽的酥胸充满美德与善行丰富的宝藏，
那是爱的巢穴，快活与欣忭的卧房：
至福的香闺，欢乐喜悦的天堂，
它是良苑仙葩那一弯神圣不可侵犯的停泊港。

你的倩影让我神移心荡，
我那些禁不住诱惑的脆弱幻想又岂能不因你的美而误入歧途，行事孟浪？
通过那多情的目光，
潜入其中将那甜美芳香的猎物劫抢。

她那对儿高高耸立的巫峰宛如两颗熟果儿，浓郁又芬芳，
似在催人快快去为摘果奔忙：
我的一个个思想肆无忌惮地扇动它们那放浪不羁的翅膀，
前去在她双峰间那条深不见底的山壑里歇息卧躺。

啊，甜美的思想，我妒忌你们歇息的地方，
我自己从来都不曾有那个福气，尽管我常常有此想望。

解析：　一心想着即将到来的婚礼，说话人迷迷糊糊深陷幻想之中。强烈渴望自己能够与未婚妻行肌肤之亲。他凝视
她的"酥胸"，将其描绘成"爱的巢穴，快活的宅邸，欣忭的卧房，愉逸的天堂"，"仙灵的神圣港湾"。
说话人试图将心上人维持在纯粹的精神层面，但这种尝试以失败告终。当思想走得太远，想入非非，"展开
淘气的翅膀"肆无忌惮地憩息在她的酥胸之上"之时，他感到自己灵魂出窍。最后，说话人做了如是总结：
他嫉妒他的思想，因为它们可以憩息在她的酥胸上，而他自己却没有这种福分。

Sonnet 77

WAS it a dreame, or did I see it playne?

A goodly table of pure yvory,

All spred with juncats[1], fit to entertayne,

The greatest Prince with pompous roialty.

Mongst which, there in a silver dish did ly,

Two golden apples of unvalewd[2] price:

Far passing those which Hercules[3] came by,

Or those which Atalanta[4] did entice;

Exceeding sweet, yet voyd of sinfull vice[5],

That many sought, yet none could ever taste;

Sweet fruit of pleasure brought from paradice:

By love himself, and in his garden plaste.

Her brest that table[6] was, so richly spredd;

My thoughts the guests, which would thereon have fedd.

注释： 1. juncats: 美味。
2. unvalewd: 极贵重的，无价的。
3. Hercules: 大力神赫克里斯有十二项任务要完成,其中第十一项任务就是获取赫斯佩里得斯圣园里的金苹果。
4. Atalanta: 阿塔兰忒。古希腊神话中一位善于疾走的女猎手, 伊阿索斯国王的女儿。她向女神发誓终身不嫁, 可他父亲希望她结婚。对婚姻和男人没有兴趣的阿塔兰忒于是同意来一场赛跑招亲, 赢得比赛的求婚者将 与她结婚, 输了就得被杀死。国王同意了女儿的条件。许多年轻人都因为情不自禁的诱惑而死。直到希波 墨涅斯出现。希波墨涅斯向爱神阿佛洛狄忒求助, 爱神便给了他三颗金苹果让希波墨涅斯丢, 当阿塔兰忒 捡苹果时, 就会减缓速度。那些苹果都是不可抗拒的, 所以每当阿塔兰忒超过希波墨涅斯, 他就把一颗滚 到她的前面, 让她追着跑, 就这样, 希波墨涅斯赢了赛跑。
5. sinfull vice: 这里暗指禁果。偷食禁果被视作人类的原罪及一切其他罪恶的开端。
6. brest that table: 爱人的酥胸是象牙。这个意象的灵感源于《旧约 – 雅歌》第五章第十四节经文:"祂的身 体 [如同] 雕刻的象牙,周围镶嵌蓝宝石。("身体"应译作"心肠",和第五章第四节中的"心肠"是同字。 意即主也是有感情的。

第七十七首

这到底是我亲眼所见，还是梦里的景象？
有一张纯象牙桌子，洁白漂亮：
桌子上摆满了美味佳肴和玉液琼浆，
这桌美味佳肴用来做招待最伟大的至尊君王的华宴非常适当。

在那张桌子上，我看到一只银色餐盘闪着灿灿银光。
有两只无价的金苹果放在银盘上：
那两只金苹果远比大力神赫克里斯那只金苹果更甜更香，
也比阿塔兰忒的那些更令人垂涎三丈。

那两只金苹果是无比甜美的欢乐仙果哟，来自天堂，
爱神亲自把它们放在自己的果园中央，
它们香甜无比，但却不带一丝一毫罪恶的残障：
无数人挖空心思，却无缘品尝。

摆满美味佳肴的那张纯象牙桌子就是她的胸膛，
就餐的客人们是我的思量。

解析：　说话人继续思量未婚妻的酥胸。一开始就设计了一连串意象引读者失去警戒。他想知道当他看到一张"洁白
的象牙"桌子上摆了一套"令人赏心悦目，只有最伟大的帝王才享受得到的豪华宫廷级"餐具时到底是现实
还是梦境。说话人还对一只盛了两只金苹果的银碟来了一个特写。那两只金苹果"远比赫克里斯或阿塔兰忒
的那些金苹果"好。说话人的眼睛死死盯着那两只金苹果，将其描绘成"无比香甜但却无毒无害的仙果"。
很显然，在这里，金苹果暗指《创世纪》中的禁果。追求者无数，但品尝过的人从未有。说话人接着对梦中
的餐桌做了如此解析："摆满美味佳肴的餐桌是她的胸膛，而客人是我的思量，那些美味佳肴就是喂养我思
想的食粮。"

Sonnet 78

LACKYNG my loue, I go from place to place,
Lyke a young fawne that late hath lost the hynd:
And seeke each where, where last I sawe her face,
Whose ymage yet I carry fresh in mynd.

I seeke the fields with her late footing fynd;
I seeke her bowre with her late presence deckt,
Yet nor in field nor bowre I her can fynd:
Yet field and bowre are full of her aspect,

But when myne eyes I thereunto direct,
They ydly back returne to me agayne,
And when I hope to see theyr trew obiect,[1]
I fynd my selfe but fed with fancies vayne.

Ceasse then, myne eyes, to seeke her selfe to see,
And let my thoughts behold her selfe in mee.

注释： 1. trew obiect：指心中的完美形象，亦即下面金句中提到的本相。

第七十八首

我心爱的人儿缺位，所以我四处徘徊，四处流浪，
恰似失去母鹿的小鹿一样：
我寻遍每一个最后一次见过她的地方，
心中依然清晰地印着她美好的画像。

我把那些依旧留着她脚印的四野遍访，
去过那间有她就蓬荜生辉的茅草房，
可无论是在茅草房中，还是在四野里，我都没有看到我心爱的娇娘：
尽管角角落落，无处不有她那美丽的面庞。

可是，当我向那些地方投去目光，
那目光却又一无所获地反射到我身上，空空荡荡。
当我希望看到她真正的模样，
我发现自己的心中被幻影填得满满当当。

因此上，我的眼睛哟，请停止寻找伊人本尊，让我的思想
到我的心中去看她的本相。

解析： 说话人感到自己与未婚妻离得很远，就像一个新近失去母鹿的小鹿一样。"诗人常用的食肉动物与猎物主题
在这里被转换成了幼鹿与母鹿的关系。他渴望在她身旁，于是就把那些她最近经常去的地方遍访：例如"最
近曾因她的光临而蓬荜生辉的凉亭"和"广场"。然而，他能找到的却只有一些让他想起她的东西，这些东
西反过来又暗示佳人的缺位，同时也暗示他发现自己"只能借幻想一解相思之苦"。最后他决定停止指望让
外部世界提醒他对心上人的记忆，而将目光转向自己的内心。他可以"在我里看她"。因为心上人最完美的
照片就挂在他的心房，所以，他孤独的时候，就会看看内心那张佳人的玉照，借此慰藉自己寂寥的心。

Sonnet 79

MEN call you fayre, and you doe credit[1] it,
For that your selfe ye dayly such doe see:
But the trew fayre[2], that is the gentle wit
And vertuous mind, is much more praysd of me.

For all the rest, how ever fayre it be,
Shall turne to nought and loose that glorious hew[3]:
But onely that is permanent, and free
From frayle corruption, that doth flesh ensew[4].

That is true beautie: that doth argue you
To be diuine, and borne of heavenly seed,
Derived from that fayre Spirit[5], from whom al true
And perfect beauty did at first proceed.

He only fayre, and what he fayre hath made;
All other fayre, lyke flowres, untymely fade.

注释：　　1. credit: 相信。

　　　　　2. fayre: 美。

　　　　　3. hew: 外貌，外表。

　　　　　4. ensew: 随侍，服侍；看护，照料。

　　　　　5. Spirit: 上帝是圣灵。

第七十九首

人们管你叫美女，你也相信自己美奂美伦，
因为那是你自己，你天天都能见到的美女本尊：
但你身上真正的美，也就是你那颗温良恭俭的蕙质兰心，
以及那份儿聪明才智，才更令我称羡纷纷。

其余的一切无论多么超群，
都会失色，随着岁月的流逝消失殆尽：
孱弱的肉体难免会落得骨碎身粉。
唯有蕙质兰心才能经久不变，免遭腐化，与世长存：

这是真正的美。只有这种美才能证明你的本真：
你是天仙，而非生于红尘：
你是天界圣灵的嫡系子孙，
所有真正纯洁无暇的美都源自于神。

只有神是真正的美，只有他创造的美真俊。
其他美丽的东西都像花儿一样，难免香消玉损。

解析：　这首诗又转向形而上的调子。诗人在这里称赞爱人的内在美比外在美更出彩。他说"人们管她叫美女"，但他要歌颂的却是她的"聪明才智和温良恭俭的心灵"。尽管她有美丽的娇颜，但外在美"红会消，香会断"，而且她也会有"菊老荷枯失颜色"的一天。但她真正的美，亦即那棵美好的心灵"出自完美的圣灵"，是她身上唯一一种"永远不会木朽形消的特质"。

Sonnet 80

AFTER so long a race as I have run

Through Faery Land, which those six books compile[1],

Give leaue to rest me, being halfe fordonne[2],

And gather to my selfe new breath awhile.

Then, as a steed refreshéd after toyle,

Out of my prison I will breake anew:

And stoutly[3] will that second worke assoyle[4],

With strong endevour and attention dew.

Till then give leave to me, in pleasant mew[5],

To sport my muse, and sing my loves sweet praise:

The contemplation of whose heavenly hew,

My spirit to an higher pitch will rayse.

But let her prayses yet be low and meane[6],

Fit for the handmayd of the Faery Queene.

注释:　1. compile: 包含，包括；由……组成 [合成]。

2. fordonne: 筋疲力尽的。

3. stoutly: 大胆地。

4. assoyle: 释放，解除。

5. mew: 幽禁，监禁。

6. meane: 普遍的，普通的。

第八十首

六本诗卷构筑起一座仙土香丘，
三万五千里路云和月，我累得剩下半条命，在那片仙土上跑了这么久，
现在疲惫不堪。啊，请准许我停一停手，
休息休息，也把那气儿喘上一口。

就像疲乏的马儿休息之后重又精神抖擞，
我的精气神也会恢复过来，冲出禁囚：
勇敢地将其余六卷铸就，
我雄心勃勃，必会潜心创作，孜孜以求。

但在此之前，请准许我在快乐的牢狱里乐个够，
取悦我的缪斯，赞颂我的至爱娇柔：
那沉鱼美貌，多俊秀，
落雁花容提我魂上重霄九。

但我要低调处理对伊人的歌讴，
以期配得上这位伺候在仙后身边的丫头。

解析： 这里似乎暗示斯宾塞在其代表作《仙后》的创作上花了很长一段时间之后又回到十四行诗的创作上。他请求
心上人"让我休休息息，喘口气儿"，这时，诗人已经完成了《仙后》原计划的一半工作。这首诗中，诗人
将心上人的身份定位为"仙后的侍女"可能有深层含义，亦即他对心上人的赞美绝不会超越对女王的赞美，
而且会采用"通俗浅显"的风格。言下之意是，他的十四行诗会用人们普遍使用的十四行诗形式，主题会更
接地气，而非等同于献给英国女王的英雄史诗风格。

Sonnet 81

FAYRE is my love, when her fayre golden heares,
With the loose wynd ye waving chance to marke[1]:
Fayre, when the rose in her red cheekes appeares,
Or in her eyes the fyre of love does sparke:

Fayre, when her brest, lyke a rich laden barke,
With pretious merchandize, she forth doth lay:
Fayre, when that cloud of pryde, which oft doth dark
Her goodly light, with smiles she drives away.

But fayrest she, when so she doth display
The gate with pearles and rubyes richly dight[2],
Throgh which her words so wise do make their way,
To beare the message of her gentle spright.

The rest be works of natures wonderment,
But this the worke of harts astonishment.

注释: 1. marke: 注意，留意。
        2. dight: 装饰过的，修饰过的。

第八十一首

美！美的是我心爱的人儿那头秀发，好漂亮！
无拘无束的自由之风哟，在她披散着的金色发海里推波翻浪。
美！两朵儿红彤彤的玫瑰花儿哟，盛开在她的脸庞，
美！她那对炯炯有神的明眸里闪烁着爱的火光。

美！她那高高挺起的胸膛就像一叶绣船儿一样，
船上装满了奇珍无价的宝藏：
美！每当一个个甜美的微笑在她的脸蛋上绽放
将那片常常遮盖她明辉的傲慢之云扫荡。

但最美的要数她的樱桃小口。 那张传递灵魂信息的门最令人目悦心赏。
一颗颗珍珠和红宝石把它装潢：
口吐珠玑，舌灿莲花，一朵朵蕴芳含香，
柔声细气，甜美温和的声音好似蜜糖：

其他一切美点都只是大自然鬼斧神工的景象，
唯有这心灵的叹为观止之作才最奇珍异常。

解析：　通过重复使用"美"这个词及其同义词，说话人探测了心上人美貌的方方面面：秀发随风舞动时美，脸红耳
赤时美，眉目传情时美，身上戴着"漂亮的装饰品"时美，甚至当"一股傲气"驱走微笑时也那么美，但最
美的是那种口吐珠玑的率真美。在最后的对句中，说话人总结到心上人身上其他的美都是大自然的天斧神工，
而率真美则是她心灵令人叹为观止的作品。

Sonnet 82

JOY of my life, full oft for loving you
I blesse my lot, that was so lucky placed:
But then the more your owne mishap I rew,
That are so much by so meane love embased[1].

For had the equall[2] hevens so much you graced
In this as in the rest, ye mote invent
Som hevenly wit, whose verse could have enchased[3]
Your glorious name in golden moniment.

But since ye deigned so goodly to relent
To me your thrall, in whom is little worth,
That little that I am, shall all be spent
In setting your immortall prayses forth:

Whose lofty argument, uplifting me,
Shall lift you up unto an high degree.

注释:　　1. embased: 堕落的，被贬低的。

2. equall: 公平的，公正的，合理的。

3. enchased: 镶嵌。

第八十二首

我的生活常常因为爱你而快乐充实，
所以，我祝福我命运的幸运之至：
可我更悲叹于你为什么会不幸至此：
我的这份卑微之情将你高贵的身价降到如此这般低贱的位置。

倘若真正的上苍在各方面都公平地赐福于你，在姻缘上也应有公允的恩赐。
让你找到一个知天晓地，惊才风逸的才子，
此人通晓古今，而且他的诗
足以嵌你荣耀的芳名于金光闪闪的碑石。

可你纡尊降贵，大悲大慈
可怜我，你的仆人，尽管卑微的我没有什么价值，
胸无点墨，且鲜有学识，
但我会尽我所能，不遗余力地为你赋写不朽的赞词。

其中的阳春白雪之辞，
必将拔高我，也会把你抬高到极致。

解析： 赢得心上人的芳心，与佳人执子之手，与之偕老的诗人现在想知道究竟发生了什么"不幸之灾"。致使这位
天鹅下嫁一个卑微之人（因为无论身份或社会地位，伊丽莎白·博伊尔都比诗人高一等）。说话人猜测自己
能赢得佳人芳心的唯一理由就是他的诗篇能够将她的芳名刻在"金碑"之上。为了"让你的芳名世代流传"
他将不遗余力。他的诗歌会让他一飞冲天，同时也会让他的心上人"平步青云"。

Sonnet 83

MY hungry eies, through greedy covetize,

Still to behold the object of theyr payne:

With no contentment can themselves suffize,

But having pine, and having not complayne,

For lacking it, they cannot lyfe sustayne

And seeing it, they gaze on it the more:

In theyr amazement lyke Narcissus[1] vayne

Whose eyes him starved: so plenty makes me pore.

Yet are myne eies so filléd with the store

Of that fayre sight, that nothing else they brooke:

But loath the things which they did like before,

And can no more endure on them to looke.

All this worlds glory seemeth vayne to me,

And all theyr shewes but shadowes saving she.

注释:　1. Narcissus: 【希腊神话】那西索斯〔爱上自己映在水中的美丽影子以致淹死而变为水仙的美少年〕。古希腊神话传说中有一则那西索化作水仙花的故事。相传有一个英俊少年,名字叫那西索斯,少女们只要看到他就会情不自禁地爱上他。但那西索斯生性孤傲,对所有追求他的少女都无动于衷。水妖艾蔻(echo)也爱上了那西索斯,但却得不到回应,于是由爱生恨,且在复仇女神面前发下了诅咒:"让无法爱上别人的那西索斯爱上自己吧!"她的诅咒应验!有一天。当那西索斯来到湖边弯下腰喝水时,看见湖面上映着自己俊美的倒影,便立刻爱上了自己。从此后,他每天都会到湖边来欣赏自己水中的倒影。起初是自我陶醉,进而渐渐地顾影自怜,最后终于扑向水中自己的倒影。

少女们知道后,到处寻找他死后的灵魂,结果在他常去的湖边发现了一朵孤挺而美丽的花。少女们为了纪念那西索斯。便为这种花取名叫做那西索斯。

第八十三首

我这双如饥似渴的眼睛依旧贪婪至极，
频频窥视那位令它们痛苦不堪的佳丽：
尽管空劳牵挂，费尽思量，无怨无艾，
但却始终无法感到满意。

没有她，它们会奄奄一息，
看到她，它们又越发如渴似饥：
恰似看不够自己倒影的那西索斯，徒然惊诧讶异：
丰足让我变得一贫如洗。

可我的双眼里满满当当装的只有那位美姬，
故而对他物我丝毫不会顾盼瞻睎，
以前喜欢的如今我很厌弃，
再忍受不了去看那些东西。

世间美景在我看来似为虚，
除了她，其他的都只是幻影卖弄而已。

解析： 这首诗中除了一些拼写变化之外，几乎原封不动地重复了第三十五首。这样做的原因也许是为了重申未婚妻
那威压群芳的美。说话人的眼里只有这种无与伦比的美貌，整个世界仿佛都不存在了。主要区别在于，这篇
诗中，说话人赞美的是将要嫁给他的那位玉人的美，而第三十五首诗中赞美的则是一个尚未答应嫁给他的女
子的美。他的目的也许是想表达自己心中对她那份炙热的爱至始至终都没有改变。

Sonnet 84

LET not one sparke of filthy lustfull fyre
Breake out, that may her sacred peace molest:
Ne one light glance of sensuall desyre
Attempt to work her gentle mindes unrest:

But pure affections bred in spotlesse brest,
And modest thoughts breathd from wel tempered sprites,
Goe visit her in her bowre of rest,
Accompanyde with angelick delightes.

There fill your selfe with those most joyous sights,
The which my selfe could never yet attayne:
But speake no word to her of these sad plights,
Which her too constant stiffness doth constrayn[1].

Onely behold her rare perfection,
And blesse your fortunes fayre election

注释:　　1. constrayn: 强迫，强制。

第八十四首

不要点燃一丝儿淫欲荡火，
以免她那神圣的宁静遭受折磨：
莫让浪蝶游蜂，轻浮淫亵的眼色，
企图撩拨她那和风细雨般温雅的魂魄。

但请让纯洁无暇的情怀深深埋藏在那冰壶秋水般的心窝，
请让谦恭仁厚的思想因着那颗温雅的心灵而活，
请去参拜那位深居香闺中的娇娥，
陪你一同前往的得是那些天使般的快乐一个个。

请用那些最迷人的景色将你自己充塞。
我渴求获得那些的心由来已久，然而却一直可望而不可得。
请别对她提我处境的险恶，
别告诉她我沦落到这步田地都因长期受她执拗天性的压迫。

只要看见她那世所罕见的完美无缺，你就会感恩戴德，
祝福你命运的合理选择。

解析：　这首诗其实是一篇爱的祈祷文，是诗人为心上人精神和肉体上的纯洁而作。其中有一个暗示：暗示诗人担忧她可能有不贞洁的思想。他请求不要让"一丝一毫猥琐的欲火"来"作弄她神圣的平静"。相反，他想要"纯洁的爱"和"贞洁的思想"在睡梦中造访她。这个又一次暗示，诗人妒忌自己的思想，因为只有自己的思想这时候才能一睹"最令人如痴如醉"，但诗人自己却"永远都无法抵达"的风景。

Sonnet 85

THE world, that cannot deeme[1] of worthy things,
When I doe praise her, say I doe but flatter:
So does the cuckow, when the mavis[2] sings,
Begin his witlesse note apace to clatter.

But they that skill not of so heavenly matter,
All that they know not, envy or admire:
Rather then enuy, let them wonder at her,
But not to deeme of her desert aspire[3]:

Deepe in the closet of my parts entyre[4],
Her worth is written with a golden quill:
That me with heavenly fury[5] doth inspire,
And my glad mouth with her sweet prayses fill:

Which when as fame in her shrill trump shal thunder,
Let the world chose to envy or to wonder.

注释:　　1. deeme: 判断，裁定。

2. mavis: 画眉鸟。

3. aspire: 那些不懂尤物的人对自己不了解的事情要么惊叹，要么嫉妒。所以就让他们对那位女士叹为观止而不要嫉妒，也不要对她的优点妄加评判。

4. entyre: 内部的。

5. fury: 痴狂。这里的痴狂指的是柏拉图的"灵感迷狂说"。诗人为诗痴狂。柏拉图认为灵感是神启的迷狂。"诗人是神圣之种，凭借神和美神的帮助，他们往往在其诗歌中能抵达真理。此外还有第三种迷狂，由诗神凭附而来。它凭附到一个温柔贞洁的心灵，感发它，引它到一个兴高采烈，眉飞色舞的境界，并流露于各种诗歌。"没有诗神的迷狂，无论谁敲诗歌之门，他和他的作品都会永远站在诗歌的门外。"

第八十五首

凡夫俗子没有辨别阳春白雪的能力，
我赞美我心爱的她时，他们说我只不过是在讨好奉承佳丽：
就像杜鹃一样，每当画眉鸟儿发出婉转的鸣啼
它也开始叫起来，不着调儿地在那儿喳喳叽叽。

他们之所以这样，是因为他们没有识别逸品之技，
对待一切不知之事的态度要么是羡慕，要么是妒忌，
既然如此，那就让他们别妒忌她，而要对她羡慕不已，
也别想对她的身上的闪光点妄判一气。

诗神已在我内心深处最隐秘之地，
写下她的可贵之处，用的是一只金翮笔：
祂还用神圣的迷狂将我的创作灵感激起，
让我心潮澎湃，赞美她的颂词在我口中充溢。

只要高音喇叭能够让她的美名响彻云际，
那就随便世人选择嫉妒，还是讶异。

解析：　诗人在这里引用了一个世人普遍所持有的观点：声称他赞美她的时候"只不过是为了献媚"。他将诋毁者们
　　　　比作杜鹃。杜鹃鸟有一种习惯，那就是一听到画眉鸟鸣唱婉转动听的歌曲就开始扯起喉咙，发出"五音不全"
　　　　的噪音。他反过来批评那些人。说他们很失败，根本听不懂"天籁"，吃不到葡萄就说葡萄酸。最后总结到：
　　　　一旦心上人的芳名传遍全世界，那些诋毁者们将选择"惊叹而非嫉妒"。

Sonnet 86

VENEMOUS toung tipt with vile adders sting,
Of that selfe kynd with which the Furies[1] fell
Theyr snaky heads doe combe, from which a spring
Of poysoned words and spitefull speeches well.

Let all the plagues and horrid Paines, of hell,
Upon thee fall for thine accurséd hyre[2],
That with false forgéd[3] lyes, which thou didst tel,
In my true love did stirre up coles of yre,

The sparkes whereof let kindle thine own fyre,
And, catching hold on thine owne wicked hed
Consume thee quite, that didst with guile conspire
In my sweet peace such breaches to have bred.

Shame be thy meed[4], and mischiefe thy reward,
Dew to thy selfe, that it for me prepard[5].

注释: 　1. the Furies: 复仇三女神。阿勒克图（不安女神 Alecto）、墨纪拉（妒嫉女神 Megaera）和提希丰（报仇
女神 Tisiphone）——的总称，任务是追捕并惩罚那些犯下严重罪行的人，无论罪人在哪里，她们总会跟着他，
使他的良心受到痛悔的煎熬。因此，只要世上有罪恶，她们就必然存在。传说她们身材高大，眼睛血红，
长着狗的脑袋、蛇的头发和蝙蝠的翅膀，一手执火炬，一手执着用蝮蛇扭成的鞭子。

　2. hyre: 处罚，惩处。

　3. forgéd: 伪造的，伪装的。

　4. meed: 报偿；补偿；赔偿。

　5. prepard: 应归与的。

第八十六首

毒舌舌尖上装着小毒蛇的蜇刺。
那毒刺跟凶残的复仇三女神蛇发上的那些毒刺别无二致。
复仇三女神用来梳理自己头发的就是那种信子。
恶毒的舌头喷出一泉恶语捏词。

让恐怖的刑罚和所有天罚统统从地府阴世
降临到你身上，作为对该遭天罚的你的惩治：
你编造出一套套不符合事实的哗说谩辞，
把我心爱的人气得七窍生烟，拊膺切齿。

让那些愤怒的火星反过来点燃你自己的火，其果自食，
让你自己的火烧干你那颗败德辱行的脑袋，将其吞噬。
谁叫它大搞阴谋，将诡计炮制，
害得我拥有甜蜜宁静的心神不宁，意不适。

你的回报是灾祸，你的奖赏是羞耻，
你为我准备的苦果理应该由你自己个儿吃。

解析： 《爱情小唱》的调子在这里又出现一个急转弯。这次转向的是一个更危险的领域。好像有人向他的心上人传递了一个"不符合事实的谣言"。结果惹得她"大发雷霆"。未婚妻的勃然大怒导致说话人内心甜蜜的平静出现"裂痕"。也许已经接受他求婚的佳人变了主意。当然，说话人对待那位撒谎的人只是用了最苛刻的措词，将其描写成一个"分泌毒液的舌头上带着的蜇刺"并希望"地狱里所有一切瘟疫和恐怖的痛苦"降临到那根毒舌的主人身上。诗的结尾处是一个诅咒，说话人诅咒那个散布谣言的毒舌人搬起石头砸自己的脚，得到报应，获得"可耻"和"祸害"这两个头衔作奖赏。

Sonnet 87

SINCE I did leave the presence of my love,
Many long weary dayes I have outworne,
And many nights, that slowly seemd to moue
Theyr sad protract^1 from evening untill morne.

For when as day the heaven doth adorne,
I wish that night the noyous^2 day would end:
And when as night hath us of light forlorne^3,
I wish that day would shortly reascend.

Thus I the time with expectation spend,
And faine^4 my griefe with chaunges to beguile,
That further seemes his terme still to extend,
And maketh every minute seeme a myle.

So sorrow still^5 doth seeme too long to last;
But joyous houres doo fly away too fast.

注释: 1. protract: 持续时间，期间。
2. noyous: 令人烦恼的。
3. forlorne: 被剥夺的。
4. faine: 渴望的，希望的。
5. still: 一直，总是。

第八十七首

自从离开心上人的身边，
我已经困乏疲倦地煎熬了很多白天：
也在煎熬中耗过了许多漫漫长夜，那些夜晚黑漆漆，步履蹒跚，
拖拖拉拉，一直从黄昏拖到平旦。

因为每当白昼将碧空苍穹装点，
我都希望黑夜能将令人烦恼的白昼遣散：
然而，每当黑夜夺走我的光线，
我却又希望白昼不久之后就会东山再起，复又登场出现。

就这样，我带着希冀，打发时间，
用渴望通过白昼和夜晚的交替来消磨我的苦恼忧烦。
然而，我的良苦用心似乎反而延长了忧伤烦闷的期限，
还将每分钟拉长成万水千山。

我的忧伤哟，仿佛就这样一直漫漫无期到永远，
但快乐时光却稍纵即逝，些痕不见。

解析： 这是一首离愁诗。表达的是说诗人对心上人的缺位感到伤心的情绪，尽管从"自从我离开你的身边"这些文字看得出来缺席的是说话人，而不是他的未婚妻。他希望时间能走得更快一些。其中暗示他们的分离是因为说话人有迫不得已的原因，而不是他们关系破裂。他将分别后的时间花在期望和心上人团聚的事情上。但却发现"时光老人似乎把每一分钟都变得像一英里那么漫长。"最后，他将忧愁和快乐做了一番对比，发现忧愁"似乎太长"而"幸福快乐却转瞬即逝"。

Sonnet 88

SINCE I have lackt the comfort of that light,
The which was wont to lead my thoughts astray:
I wander as in darkenesse of the night,
Affrayd of every daungers least dismay[1].

Ne ought I see, though in the clearest day,
When others gaze upon theyr shadowes vayne:
But th'onely[2] image of that heavenly ray,
Whereof some glance doth in mine eie remayne.

Of which beholding the Idæa playne,
Through contemplation of my purest part,
With light thereof I doe my selfe sustayne,
And thereon feed my love-affamisht hart.

But with such brightnesse whylest I fill my mind,
I starve my body, and mine eyes doe blynd.

注释：　　1. dismay: 威胁。
　　　　　2. onely: 仅仅只是影像。

第八十八首

自从我失去那缕给予我愉悦和慰藉的光，
我仿佛一直都在夜晚的黑暗里彷徨，
草木皆兵，哪怕一丁点儿风吹草动都会让我怯怯然深感恐慌。
那缕光以前常常导引我的思想不去往惧怕方面想：

当其他人聚精会神地把自己的影子凝望，
我却什么也看不见，即使当日万里无云，气清天朗。
只有一缕美妙之光的图像，
在我的眼睛里存留着几瞥光芒。

我通过心中那份儿不染芊尘的惦念牵挂相帮，
把那灿灿生辉的形象瞻仰，
用她那天仙般的光将我自己的心喂养，
把它当作我这颗因爱而变得饥肠辘辘的灵的粮。

然而，当我用这种明辉填塞我的心房，
却又饿瞎了我的双眼，饿坏了我的皮囊。

解析： 这是又一首诉说心上人缺位的离愁诗。说话人将心上人比作光。光的缺位致使他"在无边无际的暗夜中，草木皆兵，东跑西转"。没有心上人，他感觉自己迷失了方向，不知何往，不知何为。与订婚之前的"缺位"诗对比，当时的说话人尚可用自己内心深处那张心上人的理想影像聊以自慰，可在这里，他表达的是一种介乎于自己和未婚妻之间那种事实上的距离感所产生的深深的离愁。

Sonnet 89

LYKE as the culver[1] on the baréd bough
Sits mourning for the absence of her mate,
And in her songs sends many a wishfull vow
For his returne, that seemes to linger late:

So I alone, now left disconsolate,
Mourne to my selfe the absence of my love,
And wandring here and there all desolate,
Seek with my playnts to match that mournful dove:

Ne joy of ought that under heaven doth hove[2]
Can comfort me, but her owne joyous sight,
Whose sweet aspect[3] both God and man can move,
In her unspotted pleasauns[4] to delight.

Dark is my day, whyles her fayre light I mis,
And dead my life that wants[5] such lively blis.

注释:　　1. culver: 鸽子。

2. hove:〔古语〕住，居住，逗留。

3. aspect: 光景，情景。

4. pleasauns: 舒适，快乐。

5. wants: 缺乏，不够，不足。

第八十九首

正如那只伴侣不在身边的斑鸠，哀哀然独坐秃树枝；
唱响无数满怀渴望的誓，
渴望伴侣回还，伴侣的归期似乎一直都在延迟。
我和那只凄凄惨惨戚戚的斑鸠别无二致。

爱人缺位，留下我苦忧思，
形影相吊，茕茕然独吟一曲曲哀词：
孑然一身四处徘徊，形单影只，
拿我的哀叹与那斑鸠的悲歌比试。

世上没有一件儿能够给予我慰藉的喜事。
唯有她那令人愉悦的倩影才能让我感到乐淘淘、喜滋滋：
人神无不乐见她的妙姿，
无不因为纯粹的快乐而欣然之至。

没有她的明辉，我的白日黑暗如斯，
没有这种充满生机的至福极乐，我命即止。

解析： 斯宾塞用一个降调结束了十四行诗系列。在这里，他又一次把注意力放在心上人的缺位上。就像一只哀叹失
去配偶的鸟儿一样，斯宾塞也觉得自己与心上人的团圆之日"遥遥无期"。这首诗中表达的失望是真切的：
失望的是他被孤零零地留下来，独自品尝"离愁"的味道。正如第八十八首中那样，说话人发现自己"孑
然到处流浪"。天底下没有任何一种快乐能够慰藉他寂寥的心。她的光一消失，他的天就变得黑漆漆，缺了
这种充满生机的天堂般的快乐，他的生活也了无生机。

Anacreontics[1]

~~~~~~~

阿纳克里翁体讽刺诗

~~~~~~~

1

IN youth, before I waxéd old,
The blynd boy, Venus baby,
For want of cunning made me bold,
In bitter hyve to grope for honny.

But when he saw me stung and cry,
He tooke his wings and away did fly.

注释: 1. Anacreontics: 阿纳克里翁体讽刺诗。这几节中讨论的是小爱神丘比特的各种稀奇古怪的行径，以此作为
             一种研究爱的本质的方法。

少不更事，尚未衰老之时，
维纳斯家那个瞎眼小子，
想耍淘，把我变得很放肆，
竟干起到蜂巢掏蜜的浑事。

他一看我被蛰，哭泣泪流，
便拍拍翅膀，一溜烟飞走。

解析： 身为一个孩子，诗中提到丘比特首先是催促说话人到蜂窠里去取蜂蜜。说话人依言而行被蜂蛰了，但丘比特
却溜之大吉。经过这次教训，说话人声明他已经学会了一个道理：快乐和痛苦如影随形，于是便与诗集第一
部分中流露出的情绪遥相呼应，产生共鸣。丘比特的逃之夭夭强调了爱情本质中那种任意而为的霸道，而且
这个特质在后面几诗节中得到进一步拓展。

2[1]

AS Diane hunted on a day,
She chaunst to come where Cupid lay,
His quiver by his head:
One of his shafts she stole away,
And one of hers did close[2] convay,
Into the others stead[3]:

With that Love wounded my loves hart,
But Diane beasts with Cupids dart[4].

注释： 1. 这首诗是斯宾塞经过改写马洛 1538 年发表的第一部讽刺短诗集中的第六十三首创作的作品。马洛那首诗
的题目叫 "L'enfant Amour"。

2. close：秘密地。

3. stead：地方，处所。

4. 丘比特用狩猎女神戴安娜的箭射中那位女子的心（以使她贞洁忠诚），而戴安娜则用丘比特的箭射中动物（从
而激起动物身上的性冲动）。

二

一天，戴安娜打猎，可她偶然，
看到丘比特在一处睡眠，
他的箭筒就放在脑门边：
戴安娜取走其中一只箭，
偷偷用自己的一只替换，
塞进去，混在其他箭簇间：

那只爱箭把我爱人心伤透，
戴安娜用丘比特的箭射兽。

3[1]

I saw, in secret to my Dame,

How little Cupid humbly came:

And sayd to her, "All hayle, my mother!"

But when he saw me laugh, for shame:

His face with bashfull blood did flame,

Not knowing Venus from the other,

"Then never blush, Cupid," (quoth I),

"For many have erred in this beauty."[2]

注释: 　1. 这首诗是斯宾塞通过逼肖地翻译马洛于 1638 年发表的第二部讽刺短诗集中的第一百二十八首讽刺短诗创
作的作品。马洛那首诗的题目是 "Amour trouva celle"。

2. 这里的意思是错把我的心仪当成维纳斯。

三

我亲眼窥见丘比特如何
接近我的姑娘，偷偷摸摸：
"万福，母亲大人！"并对她说。
可当发现我拿他来取乐：
脸一下子就红了，很羞涩，
不知爱神从另一边走过。

我说："丘比特，千万别羞涩，
很多人都认错这位娇娥。"

4

UPONa day, as Love lay sweetly slumbring,

All in his mothers lap:

A gentle bee, with his loud trumpet murm'ring,

About him flew by hap[1].

Whereof when he was wakened with the noyse,

And saw the beast so small:

"Whats this,"(quoth he), "that gives so great a voyce,

That wakens men withall."

In angry wize[2] he flyes about,

And threatens all with corage stout[3].

注释：   1. hap: 机会，机遇。

         2. wize: 举止，风格。

         3. stout: 刚强的，勇猛的。

四

一天，小爱神在母亲怀中，
睡着了，还做着甜甜的梦：
有只吹大喇叭的小蜜蜂，
恰巧在他的周围嗡嗡嗡。
当小爱神被嗡嗡声吵醒，
发现那只虫子小巧玲珑：
"这到底谁呀？"他嘟嘟哝哝，
"把人吵醒，闹这么大噪声。"

于是他乱飞起来，怒冲霄汉，
他气汹汹的样子，很强悍。

5

To whom his mother closely[1] smiling sayd,

Twixt earnest and twixt game:

"See, thou thy selfe likewise art lyttle made,

If thou regard[2] the same.

And yet thou suffrest neyther gods in sky,

Nor men in earth to rest;

But when thou art disposéd cruelly,

Theyr sleepe thou doost molest.

Then eyther change thy cruelty,

Or give lyke leave unto the fly."

注释:　　1. closely: 偷偷地。

2. regard: 看。

五

他母亲半认真，半开玩笑，
且偷偷地笑着，这样说到：
"看看你自己你就会知道，
你和那蜜蜂一样，也很小。
尽管不会破坏凡人睡觉，
也不会把众神睡眠打扰：
可当你发脾气，如雷暴跳，
让正睡觉的他们很烦恼。

你要么别那么任性蛮横，
要么就别惹这只小蜜蜂。"

6

Nathlesse, the cruell boy, not so content,

Would needs the fly pursue:

And in his hand, with heedlesse hardiment[1],

Him caught for to subdue.

But when on it he hasty hand did lay,

The Bee him stung therefore:

"Now out alasse," he cryde, "and welaway!

I wounded am full sore:"

The fly, that I so much did scorne,

Hath hurt me with his little horne.

注释：　　1. hardiment：大胆，果敢。

六

但冷酷的小子却不赞成，
他更想去追那只小蜜蜂：
小爱神肆无忌惮，很蛮横，
想抓住小蜜蜂，将它战胜。
可当他急忙伸出手去碰，
却被蜜蜂叮了一口，很疼：
　"哎哟，好疼呀，"他大叫一声，
　"你竟然咬我，这个小畜生！"

这只小蜜蜂很让我鄙视，
用触角把我伤成这样子。

7

Unto his mother straight he weeping came,

And of his griefe complayned:

Who could not chose but laugh at his fond game,

Though sad to see him pained.

"Think now,"quoth she, "my sonne, how great the smart

Of those whom thou dost wound:

Full many thou hast prickéd to the hart,

That pitty never found:

Therefore, henceforth some pitty take,

When thou doest spoyle[1] of lovers make."

注释:　　1. spoyle: 抢劫，掠夺。

七

他一路哭着到母亲身边，
伤心地向母亲诉苦抱怨：
尽管看他很痛，难过伤感，
母亲反而取笑了他一番。
　"儿啊，你想想看那小坏蛋，
它竟然把你伤成了这般：
你已向无数人心上射箭，
但你却从没感到过可怜：

从今以后当你打劫恋人，
你可要稍微发发同情心。"

8

She tooke him streight full pitiously lamenting,
And wrapt him in her smock:
She wrapt him softly, all the while repenting,
That he the fly did mock.
She drest his wound, and it embaulmed wel
With salve of soveraigne might:
And then she bathed him in a dainty well
The well of deare delight.

Who would not oft be stung as this,
To be so bathed in Venus blis.

八

慈爱的母亲哟，伤心不已，
赶紧把儿子裹到罩衫里：
蹑手蹑脚，当儿子追悔莫及，
他不该把蜜蜂乱捕一气。
母亲把儿子的伤口包起，
并涂上药，那药很有效力：
接着在清泉中给他冲洗，
那口清泉充满愉悦欢喜。

若能沐浴在爱神的祝福里，
常被这样叮谁会不愿意？

9

The wanton boy was shortly wel recured[1],

Of that his malady:

But he, soone after, fresh againe enured[2],

His former cruelty.

And since that time he wounded hath my selfe

With his sharpe dart of love;

And now forgets the cruell carelesse elfe,

His mothers heast[3] to prove[4].

So now I languish, till he please,

My pining anguish to appease.

注释: 1. recurred: 恢复。

            2. enured: 着手，开始。

            3. heast: 命令，吩咐。

            4. proue: 做，干。

九

放浪小子的伤很快恢复，
伤痛感彻底消除：
不久后又开始原形毕露，
和以前一样冷酷，
从那以后他用爱的箭簇，
射中我，让我深陷于痛苦；
这个无情小子轻率粗鲁，
已完全忘了母亲的叮嘱。
在他愿意解我烦恼之前。
我要一直饱受烦恼熬煎。

Epithalamion[1]

~~~~~~~

婚 颂

~~~~~~~

1

YE learned sisters[1], which have oftentimes

beene to me ayding, others to adorne:

Whom ye thought worthy of your gracefull rymes,

That euen the greatest did not greatly scorne

To heare theyr names sung in your simple layes,

But joyed in theyr prayse;

And when ye list your owne mishaps to mourne,

Which death, or love, or fortunes wreck did rayse,

Your string could soone to sadder tenor[2] turne,

And teach the woods and waters to lament

Your dolefull dreriment[3]:

Now lay those sorrowfull complaints aside,

And hauing all your heads with girlands crownd,

Helpe me mine owne loves prayses to resound[4],

Ne let the fame of any be envide,

So Orpheus did for his owne bride,

So I unto my selfe alone will sing,

The woods shall to me answer and my Eccho ring.

注释: 1. learned sisters: 博学多才的文艺九缪斯。缪斯是希腊神话中主司艺术与科学的九位古老文艺女神的总称。
她们代表了通过传统音乐和舞蹈、即时代流传下来的诗歌所表达出来的神话传说。缪斯原本是守护赫利孔
山泉水的水仙，属于宁芙范畴。后来人们将奥林匹斯神系中的阿波罗设立为她们的首领。缪斯女神常常出
现在众神或英雄们的聚会上，轻歌曼舞，一展风采，为聚会带来愉悦与欢乐。在荷马史诗中，缪斯有时一个，
有时数个赫西俄德在其《神谱》中说，她们是众神之王宙斯和提坦女神所生的九个发束金带的女儿。阿尔
克曼则认为她们要比宙斯古老，是乌拉诺斯和盖亚的女儿。

2. tenor:(一时的)心情，情绪。

3. dreriment: 悲伤，忧伤。

4. resound: 表扬，赞美，歌颂。

学识渊博的姐妹花，你们常常，
常常协助我为他人作嫁衣裳：
认为他们无愧于你们的诗章，
当你们赋诗将他者英明歌唱，
即使是伟人们也会欣喜若狂，
聆听对他们的赞扬。
当你想唱哀歌叹自己的祸殃，
诉你祸起于情、厄运，或者死亡，
你们的琴弦便发出幽怨声响，
也教那山川湖泊与小河大江，
悲伤你们的悲伤。
现在，请把喊喊哀怨放到一旁，
并把一顶顶花冠都戴在头上，
来协助我歌颂我心爱的姑娘，
但请莫让别人妒忌她的声望，
我要效仿俄耳甫斯，唱醒新娘，

故独自一人高歌引吭，
歌声将在千木万林久久回荡。

解析： 新郎在这里向缪斯们求助，请求缪斯们赐他创作灵感，好让他能够恰如其分地歌颂他的新娘。他声称要对自己的新娘歌唱，就像希腊神话中的竖琴名家俄耳甫斯对自己的新娘歌唱那样。和其他诗节一样，这一节也以叠句"The woods shall to me answer and my Eccho ring"结束。古典诗歌作者都遵循着一个惯例，那就是召唤缪斯们赐予自己灵感。但与众多诗人不同，斯宾塞在这里召唤的不是一位缪斯，而是所有文艺九缪斯。言下之意是这首诗将全方位展现各种文艺手段。诗人提及俄耳甫斯的目的是为了暗示俄耳甫斯到阴曹地府用优美动听的竖琴曲打动冥王冥后，救出爱妻灵魂的故事。新郎也要用优美动听的歌曲唤醒沉醉在梦境中的新娘，将她领到大婚之日的黎明中。

2

EARLY before the worlds light giving lampe,

His golden beame upon the hils doth spred,

Hauing disperst the nights vnchearefull dampe,

Doe ye awake and with fresh lusty hed[1],

Go to the bowre[2] of my belovéd loue,

My truest turtle doue

Bid her awake; for Hymen[3] is awake,

And long since ready forth his maske to move,

With his bright tead[4] that flames with many a flake[5],

And many a bachelor to waite on him,

In theyr fresh garments trim.

Bid her awake therefore and soone her dight[6],

For lo! the wishéd day is come at last,

That shall, for al the paynes and sorrowes past,

Pay to her usury of long delight,

And whylest she doth her dight,

Doe ye to her of joy and solace[7] sing,

That all the woods may answer, and your eccho ring.

注释: 1. lusty hed: 精神; 气魄, 魄力。

2. bowre: 卧室。

3. Hymen: 海门, 司婚姻的神。

4. tead: 火把。

5. flake: 火花; 火星。

6. dight: 衣服。

7. solace: 愉悦, 快乐。

二一

当照亮人世间的明灯尚未明，
尚未将璀璨金光遍洒众山顶，
趁夜的郁郁寒潮尚未驱干净，
请你们起来，精神焕发，气清清，
到她的香闺中，我的爱多娉婷，
我的斑鸠无比忠诚。
请去叫醒她；婚神海门已睡醒，
早已准备带领迎亲队伍前行，
烁烁火炬飞溅出灿烂的火星，
无数未婚青年男子把他侍奉，
簇簇新衣多平整。
请去叫她起来打扮，梳云平领。
看啊，我渴望的佳期终于降临，
往日所受的痛苦烦闷和伤心，
都将代之以永恒的愉悦欢欣，
她打扮时请唱给她听，

唱喜悦，唱快乐欢畅，
歌声将在千木万林久久回荡。

解析： 破晓之前，新郎催促缪斯们赶紧到新娘的闺房里去叫醒她。他说司婚之神海门已经醒来，所以也应该是新娘
醒来的时候。新郎督促诸位缪斯去提醒新娘，今天是她大婚的日子，同时也是他历经苦寒终闻梅花香的日子。
海门这个神话人物在下文中还会出现。倘若司婚之神海门准备就绪，那么新郎也就准备就绪，因此他希望新
娘也赶紧整装待发。焦点在于大婚之日的神圣。这个特殊的时刻自会敦促新娘尽早前来庆贺。

3

BRING with you all the nymphes that you can heare[1]

Both of the rivers and the forrests greene:

And of the sea that neighbours to her neare,

Al with gay girlands goodly wel beseene[2].

And let them also with them bring in hand,

Another gay girland,

My fayre loue, of lillyes and of roses,

Bound truelove wize with a blew silke riband[3].

And let them make great store of bridale poses[4],

And let them eeke[5] bring store of other flowers,

To deck the bridale bowers.

And let the ground whereas her foot shall tread,

For feare the stones her tender foot should wrong,

Be strewed with fragrant flowers all along,

And diapred lyke the discolored mead[6].

Which done, doe at her chamber dore awayt,

For she will waken strayt[7];

The while doe ye this song unto her sing,

The woods shall to you answer and your Eccho ring.

注释: 1. that you can heare: –that can hear you: 能听到你。

2. wel beseene: 装饰得很有吸引力。

3. a blew silke riband: 象征真爱忠贞不渝。

4. poses: 花束。

5. eeke: 也，又。

6. mead: 装点得五彩缤纷。

7. strayt: 立刻，马上。

把听见歌声的宁芙带在身旁，
她们掌管绿林、涧溪，以及河江：
带上附近的宁芙，她们司海洋，
必须身着华服，还要画起浓妆，
头上要戴花冠，还得漂漂亮亮，
手持百合玫瑰花环香，
还要用篮丝带系成同心结状，
带上这些，送给我美丽的新娘。
婚礼花束要让她们准备大量，
同时还要带上无数魏紫姚黄，
去点缀我们的婚房。
为了避免她的纤纤玉足受伤，
千万别让她的玉足踩在地上，
地上要铺满鲜花，让百花吐芳，
铺得像五彩缤纷的草原一样。
做好后请在她的闺门外站岗，
因为她很快会走出梦乡，

请你们为她把这首婚颂歌唱，
歌声将在千木万林久久回荡。

解析：　新郎通知缪斯们召集所有能够作陪的宁芙一起到新娘的闺房去。宁芙们可以顺路采集芬芳四溢的百花将新娘
闺房与婚礼场地之间的小径装点起来。婚礼将在那里举行。这样，新娘会一路踩着鲜花来到举办婚礼的地方。
装点门口时，她们会用歌声叫醒新娘。
这里的基督教婚礼仪式接近古典希腊神话神中召集宁芙的惯例。除了撒鲜花美化新娘闺房与婚房之间道路的
自然之灵以外，没有其他非基督教形象。尽管斯宾塞后面会展现新教婚姻观，但却选用古老的非基督教神灵
向佳期问候早安。

4

Ye nymphes of Mulla[1] which with carefull heed,

The silver scaly trouts doe tend full well,

And greedy pikes which use therein to feed,

(Those trouts and pikes all others doo excell)

And ye likewise which keepe the rushy lake,

Where none doo fishes take.

Bynd vp the locks the which hang scatterd light,

And in his waters which your mirror make,

Behold your faces as the christall bright,

That when you come whereas my love doth lie,

No blemish she may spie.

And eke ye lightfoot mayds which keepe the deere[2],

That on the hoary mountayne vie to towre[3],

And the wylde wolves which seeke them to devoure,

With your steele darts doo chace from comming neer

Be also present heere,

To helpe to decke her, and to help to sing,

That all the woods may answer, and your eccho ring.

注释： 　1. Mulla: 指 the river Awbeg。是斯宾塞爱尔兰府邸附近的一条小河。

　　　2. keepe the deere: 1611 版中是 "dore" （door）。

　　　3. towre: 猎鹰术语，意思是 "to soar" 在这里意思是 "to frequent high places"。

四

你们很精心，穆拉河河仙娘娘，
精心把银鳞红点的鲑鱼照望，
也将那些个贪食的梭鱼喂养，
（桂鱼和梭鱼远比其他鱼优良）
你，司管灯草湖的仙子也一样，
你守护着湖泊，捕鱼绝对不让。
缕缕秀发悬着斑驳陆离的光，
请扎起来吧，对着静静的波光
用菱花镜照你那剔透的脸庞，
当你们都来到我爱人的闺房，
别让她看到邋遢之状。
护鹿的仙女哟，请将脚步轻放，
你们常常爬上那高高的山岗，
手中的钢矛发出耀眼的光芒，
赶走些那些猎食小鹿的野狼，
你们也要移步临场，

襄理打扮她，并把她歌唱，
歌声将在千木万林久久回荡。

解析： 在这一节中，新郎向司管其它山水的宁芙说话。叫她们拿出自己的看家本领，将他的佳期打造成一个完美的
佳期。司管池、塘、湖泊的宁芙要保证池水和湖水清澈见底，确保新娘可以见到她们的最佳形象。这些宁芙
都要到婚礼举办地来为场地的布置美化工作出力。
斯宾塞进一步拓展了第三节中召集宁芙的主题。聚焦点放在这两批人物的能力上。这点暗示他有先见之明，
能预见婚礼上可能会出现某种不吉利的事情。但这件不吉利的事情仅仅只是"婚前恐惧症"的表现？还是指
诗人担心可能会发生的爱尔兰起义问题。这一点无从考证。但诗中提到来自林中的狼帮。这里的"林"正是
爱尔兰抵抗组织活动，并攻击占据爱尔兰领土的英国人的地方。

5

WAKE now my love, awake[1]! for it is time,

The rosy Morne long since left Tithones[2] bed,

All ready to her silver coche to clyme,

And Phoebus gins to shew his glorious hed.

Hark how the cheerefull birds do chaunt theyr laies

And carroll of loves praise!

The merry larke hir mattins[3] sings aloft,

The thrush replyes, the mavis descant playes[4],

The Ouzell[5] shrills, the ruddock[6] warbles soft,

So goodly all agree, with sweet consent,

To this dayes meriment.

Ah! my deere loue, why doe ye sleepe thus long,

When meeter[7] were that ye should now awake,

To awayt the comming of your joyous make[8],

And hearken to the birds lovelearned song,

The deawy leaves among.

For they of ioy and pleasance to you sing.

That all the woods them answer and theyr eccho ring.

注释: 1. awake: 参考《所罗门之歌》第二章第十至十三节。人们在这首歌中读出一种比喻的意思。伊丽莎白时代
的祷文中说婚姻是由天国的主授予人们的圣职。婚姻象征上帝和教堂之间的一种神秘联姻。

2. Tithones: 提索诺斯，黎明女神奥柔拉的丈夫。

3. mattins: 晨歌。

4. descant playes: 画眉的和鸣。

5. ouzell: 黑鸫鸟。

6. ruddock: 知更鸟。

7. meter: 更合适的。

8. make: 配偶。

五

醒来吧，我的爱人，现在是时候；
奥柔拉早离开提索诺斯床头，
准备朝她银色的香辇那边走，
福波斯开始把灿烂的头颅露
听啊，百鸟的啁啾呜啭乐悠悠！
齐声把爱的赞歌吟讴！
云雀高声唱着晨歌，快活无忧！
画眉婉转相和，鸫鸟高调协奏，
黑鸫声激越，鸥鸲弱音在颤抖，
百鸟异口同声齐唱，和鸣啁啾，
与这快乐气氛水乳混糅。
啊，亲爱的，你为何要睡这么久，
现在已该醒透，
好好等着迎接你快乐的配偶，
也听听鸟栖朝露犹湿的枝头，
一展赞美爱情的歌喉。

为你把喜悦和欢乐歌唱，
歌声将在万木千林久久回荡。

解析： 在这一节里，新郎直接对新娘说话（即使她不在现场），催促她赶紧醒来。太阳早已升起，太阳神福波斯正
在露出祂那"光辉灿烂的头颅"。百鸟已经开始鸣啭，而且新郎定要百鸟的鸣啭成为向新娘发出的快乐呼唤。
曙光之神，提索诺斯，以及太阳神福波斯等神话人物都在这里被招来继续颂歌的经典主题。到目前为止，从
内容上来看，斯宾塞的《婚颂》与非基督教婚礼赞歌有明显的区别。新郎必须直接对新娘表明他的迫不及待
和无力亲为的心情。所以他只能仰仗缪斯和宁芙们前去召唤新娘。

6

My love is now awake out of her dreames,

And her fayre eyes, like stars that dimméd were

With darksome cloud, now shew theyr goodly beams

More bright then Hesperus[1] his head doth rere.

Come now, ye damzels, daughters of delight,

Helpe quickly her to dight,

But first come, ye fayre Houres[2] which were begot

In Joves sweet paradice, of Day and Night,

Which doe the seasons of the yeare allot,

And al that ever in this world is fayre

Doe make and still[3] repayre.

And ye three handmayds of the Cyprian Queene[4],

The which doe still adorne her beauties pride,

Helpe to addorne my beautifullest bride

And as ye her array, still throw betweene[5]

Some graces to be seene:

And as ye vse to Venus, to her sing,

The whiles the woods shal answer,and your eccho ring.

注释：　　1. Hesperus：黄昏星。往往指金星，但也不总是金星。

2. fayre Houres：有关时辰划分的说法参考《无常篇》第七章第四十五节。

3. still：持续地。

4. Cyprian Queene：据说爱神维纳斯出生于塞浦路斯附近的海中。

5. Betweene：在区间之内。

六

我爱人已醒，走出梦乡和睡眠，
一双美眸宛如云后星星一般，
现在复又发出光芒，烁烁灿烂，
比刚出现的晨星更明亮璀璨。
过来吧，姑娘们，快乐的天媛，
快快过来帮忙替她梳妆打扮，
时辰们先来吧，你们如此美艳，
昼和夜生她们于宙斯的乐园，
是时辰划分季节的交替变换，
创造人间缤纷多彩，花好月圆，
推陈出新不间断，
你们，塞浦路斯女王三位丫鬟，
总把那位傲慢的妖娆女打扮，
请来帮我新娘梳妆、配戴衣衫，
在你们为新娘梳妆打扮期间，
也把可见的娇羞装点，

像为爱神那样，为她歌唱，
歌声将在千木万林久久回荡。

解析：　新娘终于醒来。诗人将新娘的眼睛比作阳光："比晨星更明亮"。新郎催促"快乐女神"前去伺候新娘，他
　　　同时也唤来时辰，四季，和维纳斯的"三个丫鬟"。督促三个丫头按照打扮维纳斯的那套做法打扮新娘，并
　　　在为新娘梳妆打扮期间为她唱歌。
　　　新娘脸上的"暗云"散尽之后出现了第二个黎明，新娘的双目大放光明。斯宾塞在这里将白昼，夜晚和四季
　　　的时辰拟人化。下文还会回到时间这个主题。但有一点很重要，时间也和宁芙以及维纳斯的三个丫鬟一样参
　　　与到婚礼庆典活动中。

7

NOW is my love all ready forth to come,

Let all the virgins therefore well awayt,

And ye fresh boyes, that tend upon her groome

Prepare your selves, for he is comming strayt.

Set all your things in seemely good array

Fit for so joyfull day,

The joyfulst day that ever sunne did see.

Faire Sun, shew forth thy favourable ray,

Let thy lifull[1] heat not fervent be

For feare of burning her sunshyny face,

Her beauty to disgrace[2].

O fayrest Phoebus, father of the Muse[3],

If ever I did honour thee aright,

Or sing the thing, that mote[4] thy mind delight,

Doe not thy servants simple boone[5] refuse,

But let this day, let this one day be myne,

Let all the rest be thine.

Then I thy soverayne prayses loud wil sing,

That all the woods shal answer, and theyr eccho ring.

注释: 1. lifull: 提神的。

2. disgrace: 毁损, 弄坏, 弄糟。

3. Muse: 斯宾塞通常情况下会同意公元前8世纪希腊诗人赫西奥德的说法, 即将乔武视为文艺九缪斯的父亲。

将阿波罗叫做她们的父亲可能说明斯宾塞受其他出处的影响, 也有可能是因为斯宾塞有意修改传统的说法。

4. mote: 可能。

5. boone: 请求, 恳求, 恳请; 要求, 需要。

七

我的爱人现已准备妥当动身，
让所有少女们好好等她来临，
所有陪伴新郎官的小伙子们，
请你们做好准备，新郎已走近。
样样东西都要放好备齐摆顺，
要和吉日的气氛相称。
今天是个好日子哟，春和景明。
太阳神，请尽展你的俊美逸群，
不要照得太强，让人遍体生津，
我爱人的桃花人面美丽温存，
我怕你会晒伤它，那样很丢人。
噢，缪斯之父哟，俊美的太阳神，
倘若我曾经心怀敬意对待您，
或者歌颂过您，让您倍感欢欣，
仆人的要求请您别置若罔闻，
其余日子属于你，我一概不论，
只让今天顺遂我心。

我会赞美您，会高声歌唱，
歌声将在千木万林久久回荡。

解析：　　新娘和伺候丫鬟已经做好准备。所以，现在到了新郎和伴郎做好准备的时候。新郎乞求太阳照得亮点儿，但
却不要太强，以免晒伤新娘的皮肤。他又祈求太阳神福波斯把今年所有其他的日子留给自己，只把今日赐给他。
他提议用自己的诗篇来交换太阳神的赐福。
光的主题是快乐的信号。当新郎向太阳神说话的时候，一个有创造力的英雄形象跃然纸上。斯宾塞有一次提
到要把诗篇献给诗歌与艺术之神。他相信这个已经为他赢得拥有这唯一一天的恩惠。

8

HARKE how the minstrels gin to shrill aloud,

Their merry musick that resounds from far,

The pipe, the tabor, and the trembling croud[1],

That well agree withouten breach or jar[2].

But most of all the damzels doe delite,

When they their tymbrels[3] smyte,

And thereunto doe daunce and carrol sweet,

That all the sences they doe ravish quite,

The whyles the boyes run up and downe the street,

Crying aloud with strong confused noyce,

As if it were one voyce.

"Hymen io Hymen, Hymen" they do shout,

That even to the heavens theyr shouting shrill

Doth reach, and all the firmament doth fill,

To which the people, standing all about,

As in approuance doe thereto applaud

And loud aduaunce her laud[4],

And evermore they 'Hymen Hymen' sing,

That al the woods them answer, and theyr eccho ring.

注释：　　1. croud: 风笛、鼓和提琴。这些都是爱尔兰流行音乐中常用的乐器。

2. jar: 不一致，不调和；嘈杂声，喧闹。

3. tymbrels:（周围有发声金属片的）手鼓；铃鼓。

4. laud: 唱她的颂歌。

八

你们听啊，乐师们把乐曲奏响，
优美欢快的旋律在远处回荡，
长笛、手鼓、风笛和琴声多嘹亮，
高山流水妙音，毫无刺耳之象。
但要数姑娘们最开心，最欢畅。
她们敲起手鼓，一同齐声歌唱，
玉手挥舞，高飞彩蝶，低舞柳杨，
引人心荡神摇，叫人目悦心赏
男孩在街上跑东跑西，走四方，
吹唇唱吼，欢声雷动，纷纷攘攘，
异口同声，沸沸扬扬。
"海门，海门"他们高唱，叱石成羊，
呼喊之声传到九天，三日绕梁，
震耳欲聋之声响彻云汉穹苍，
大人们绕成圈站在孩子身旁，
笑语喧阗，载歌且舞，欣喜若狂，
把那司婚之神瞻望。

她们一直把"海门，海门"歌唱，
歌声将在千木万林久久回荡。

解析：　参加凡人婚礼仪式的客人们临场，娱乐活动也拉开序幕。女子们打起手鼓，跳起舞，歌者们奏响乐器唱起歌。
翩翩少年走街串巷，把"海门，海门"的婚礼曲高唱。听见他们歌声的人纷纷为他们鼓掌，加入他们的行列，
跟着他们一起唱。
　　斯宾塞把镜头切换到参加婚礼仪式的客人，婚礼间的娱乐活动，以及可能出席婚礼的人身上。他在这里描绘
的是伊丽莎白时期的典型婚礼仪式，其中也有很多古典时期的婚礼元素。例如少年们传唱的"海门，海门"
这支歌就可以追溯到公元一世纪那支由盖尤斯·瓦雷里乌斯·卡图卢斯口传的婚礼曲。

9

Loe! where she comes along with portly[1] pace,

Lyke Phoebe from her chamber of the East,

Arysing forth to run her mighty race[2],

Clad all in white, that seemes[3] a virgin best.

So well it her beseemes that ye would weene

Some angell she had beene.

Her long loose yellow locks lyke golden wyre,

Sprinckled with perle, and perling[4] flowres a tweene,

Doe lyke a golden mantle her attyre,

And being crownéd with a girland greene,

Seeme lyke some mayden Queene[5],

Her modest eies, abashed to behold

So many gazers, as on her do stare,

Upon the lowly ground affixéd are;

Ne dare lift up her countenance too bold,

But blush to heare her prayses sung so loud,

So farre from being proud.

Nathlesse[6] doe ye still loud her prayses sing,

That all the woods may answer, and your eccho ring.

注释: 　1. portly: 庄严的，堂皇的；宏伟的，华贵的。

2. race:【圣经】《诗篇》第十九章第五中节说太阳升起就像"太阳如同新郎出洞房，有辱勇士欢然奔路。"

3. seemes: 适合；相配。

4. perling: 卷绕起来的。

5. Queene: 也许指伊丽莎白一世。请参考《爱情小唱》第七十四首。

6. Nathlesse: 因此，所以。

九

你们看！她仪态大方，步履款款，
宛如起身的月神菲比把路赶，
凌波漫步，走出东方的香厢间，
一袭白衣迎风猎猎，宛若天仙。
那么标致漂亮，仿佛沉鱼落雁，
你还会以为是哪位天女下凡。
披散的长发宛若闪闪金丝线，
发间珍珠多璀璨，鲜花多明艳，
仿佛有顶发罩点缀，金光闪闪，
她头顶上戴着一顶绿色花冠，
模样仿佛是美少女女王一般，
观者无不目不转睛，注眸静观，
低垂的美眸是她羞怯的表现，
一对弯弯柳眉一直盯着地面，
矜持的她丝毫不敢抬起脸蛋。
听到人们高唱颂歌把她称赞，
她不但不骄傲，反而羞红了脸。

因此，我请你们继续歌唱，
歌声将在千木万林久久回荡。

解析：　看着新娘身穿一袭白色礼服，美若天仙，翩翩而来，新郎将其比作月亮女神，菲比（或辛西娅）。新娘低眉垂目，
避而不看一众赞美她的人，听到人们的赞歌她更是面红耳赤。
　　　　但将新娘与菲比同日并提很重要，菲比是太阳神福波斯的孪生妹妹。新郎意欲取代福波斯的突出位置。他看
见美轮美奂的新娘美若天仙就是他的分身。因为白昼和黑夜在时间长河里难舍难分。

10

TELL me, ye merchants daughters did ye see

So fayre a creature in your towne before,

So sweet, so lovely, and so mild as she,

Adornd with beautyes grace and vertues store[1],

Her goodly eyes lyke saphyres shining bright,

Her forehead yvory white,

Her cheekes lyke apples which the sun hath rudded[2],

Her lips lyke cherryes charming men to byte,

Her brest like to a bowle of creame uncrudded[3],

Her paps lyke lyllies budded,

Her snowie necke lyke to a marble towre[4],

And all her body like a pallace fayre,

Ascending uppe, with many a stately stayre,

To honors seat and chastities sweet bowre[5].

Why stand ye still, ye virgins, in amaze,

Upon her so to gaze,

Whiles ye forget your former lay to sing,

To which the woods did answer, and your eccho ring?

注释:　1. store: 财富。

2. rudded: 变红。

3. uncrudded: 液化。

4. towre:《所罗门之歌》第七章第四节中说 "你的脖颈发仿佛一座象牙塔。" 文艺复兴时期人们习惯把女性
和建筑物或城镇进行比较。

5. bowre: 到头部，那里主理智功能。

你们告诉我吧，富商的女儿们，
镇上曾经是否出过这等美人，
这么漂亮可爱，这么和婉温顺，
品德高尚，落落大方，如此斯文，
美眸像天宇般明灿，炯炯有神，
前额宛如象牙一般洁白细润，
桃花粉面宛若红苹果，红殷殷：
迷人的是那吐气如兰的朱唇，
一双明月似罗罗翠叶贴胸襟，
两两巫峰仿若碧玉，露花凉沁，
玉颈宛如大理石塔，高耸入云，
身躯仿佛宏大宫殿，美奂美伦，
她款款而来，步步生莲多神韵，
爬上贞操之座，踏入贞节府门。
姑娘们，你们为何仍落魄失魂，
对着她鹗睨鱼瞵，

以致忘记了方才的歌唱，
千木万林怎将歌声久久回荡？

解析： 新郎问那些看到新娘的女子们，她们以前可曾见过比新娘美的女子。接着又列举出新娘身上的种种美点。先
是从她的明眸夸起，到最后读者会发现新郎竟将新娘浑身上下统统夸了一遍。新娘沉鱼落雁之绝美容颜看得
少女们忘了唱词。

斯宾塞在这首诗中引入夸示惯例。亦即将女人身体部位挑出来，用比喻修辞法刻画。与《爱情小唱》中的夸
示法不同，这里列出来的美点与各种隐喻之间没有重要的联系。诗人用各种价值连城的界标刻画佳人的眼睛
和前额（比如蓝宝石和象牙），将她的脸颊和红唇比作水果（比如苹果和樱桃），将佳人的酥胸比作一碗奶油，
脖子比作象牙塔，而她的整个身体则是一座宏大的宫殿。

11

BUT if ye saw that which no eyes can see,

The inward beauty of her lively spright[1],

Garnisht with heavenly guifts of high degree,

Much more then would ye wonder at that sight,

And stand astonisht lyke to those which red[2]

Medusaes mazeful hed[3].

There dwels sweet Loue and constant Chastity,

Unspotted Fayth and comely Womanhood,

Regard of Honour, and mild Modesty,

There Vertue raynes as queene in royal throne,

And giueth Lawes alone

The which the base affections doe obay,

And yeeld theyr services unto her will

Ne thought of thing uncomely[4] ever may

Thereto approch to tempt her mind to ill.

Had ye once seene these her celestial threasures,

And unrevealéd pleasures,

Then would ye wonder, and her prayses sing,

That al the woods should answer, and your echo ring.

注释:　　1. spright: 灵魂。

2. red: 看到过。

3. hed: 所有看到蛇发女妖美杜莎的人都会瞬间变成石头。根据诗人奥维德《变形记》中所述，美杜莎原是一位美丽的少女，因为与海神波塞冬私会（也有一些版本称因美杜莎自恃长得美丽，竟然不自量力地和智慧女神比美，故而被雅典娜诅咒），雅典娜一怒之下将美杜莎的头发变成毒蛇，而且给她施以诅咒，任何直视美杜莎双眼的人都会变成石像，因此美杜莎成了面目丑陋的怪物。

4. uncomely: 不体面的，不好看的，不像样子的。

你等倘若看见肉眼所不可见
即她心灵中的那份聪颖安闲，
它有绝美的高贵品质作装点，
一定会比见到她本尊更惊叹，
就像看到美杜莎头的人一般，
惊讶地呆若木鸡，没办法动弹。
那里有高情厚爱，有丹心一片，
有笃信仁义，有崇尚正直清廉，
温恭自虚，淑静节制，有荣誉感，
美德像女王一样在此做统管，
和唯一的执法官，
各种卑贱邪欲对她低眉顺眼，
俯首帖耳，百依百顺，披肝沥胆，
没有丝毫龌龊肮脏卑鄙之念
能接近她，诱惑她的心智意愿，
你若看到这些兰姿蕙质至善，
以及蕴含的长水高山，
定会叹为观止，歌唱赞扬，
歌声将在千木万林久久回荡。

解析：　新郎从赞美新娘的外在美，转而赞美她的内在美，并声称佳人的内在美比任何其他女子的内在美更美。他赞
　　　　美她的生机勃勃，她的温情脉脉，她的纯真高洁，她的赤胆忠诚，以及她的荣耀以及谦逊。他坚持认为看到
　　　　她的人如果注意到她的内在美，必定会更加感到敬畏。一般赞美红粉佳人的美貌在颂歌和新教婚礼仪式上都
　　　　占据着重要位置。但斯宾塞暂将其抛在一边，转而展现其他经典影像：柏拉图主义。他笔下刻画的是理想佳
　　　　人的形象。肉体纤尘不染，思想纯洁无暇。倘若出席婚礼的人们看到她的真善美——纯粹美——一定会目瞪
　　　　口呆。就像那些看到美杜莎蛇发的人都会变成石像一样。

12

OPEN the temple gates unto my love,

Open them wide that she may enter in[1],

And all the postes adorne as doth behove[2],

And all the pillours deck with girlands trim,

For to recyve this saynt[3] with honour dew,

That commeth in to you.

With trembling steps and humble reuerence,

She commeth in, before th'Almighties vew,

Of her, ye virgins, learne obedience,

When so ye come into those holy places,

To humble your proud faces,

Bring her up to th'high altar, that she may,

The sacred ceremonies there partake,

The which do endlesse matrimony make,

And let the roring organs loudly play

The praises of the Lord in lively notes,

The whiles with hollow throates,

The choristers the joyous Antheme sing,

That all the woods may answere, and their eccho ring.

注释：　1. enter in：《圣经旧约》中的《以赛亚书》第二十六章第二节中说到"敞开城门，使守信的义民得以进入。"

2. behove：装饰门柱在古典婚礼中很普遍。

3. saynt：清教术语中 Siant 指任何一个保证能够得到救赎的人。

十二

请为我的爱人打开大庙之门，
敞开大门吧，以便新娘能走进，
请你们把所有门柱装饰一新，
柱子上的所有花环要摆匀称，
带着应有的敬意情迎圣徒光临，
她玉步款款聘聘，
诚惶诚恐，毕恭毕敬，和蔼谦逊，
低眉垂目面对至高无上的神，
你等少女应该学习她的温顺，
来到圣地理应那样文质彬彬，
要颔首低眉，不可以傲慢骄矜。
带她到高高的圣坛那里安身，
以便神圣的婚礼能顺利举行，
确立这一段天长地久的婚姻，
让人弹起那琴声激越的风琴，
赞美造物主要用浑厚的中音，
用轻快的低唱浅吟，

领唱把欢快的圣歌唱响，
歌声将在千木万林久久回荡。

解析： 新郎叫人打开庙门，以便新娘进去，走近圣坛表达敬意。新娘毕恭毕敬来到圣地。新郎便把她树立成一个让那些在场的少女们效仿的榜样。

斯宾塞将读者的视线从新教婚礼仪式意象上转移开来。按照新教婚礼习惯，新娘应该被迎到新郎家中举办婚礼。而清教徒婚礼则是在教堂举办（尽管诗人用的是前基督教字眼"庙"）。新娘像毕恭毕敬的圣徒一样进庙。这说明她是一名好新教徒。司婚神海门或福波斯未曾提及，相反，却提到新娘走到"主"的面前。游吟诗人们如今变成了"唱诗班的领唱者"，和着乐曲，唱着赞美主的圣歌。

13

Behold, whiles she before the altar stands
Hearing the holy priest that to her speakes
And blesseth her with his two happy hands,
How the red roses flush up in her cheekes,
And the pure snow with goodly vermill[1] stayne,
Like crimsin dyde in grayne[2],
That even th'Angels, which continually,
About the sacred Altare doe remaine,
Forget their service and about her fly,
Ofte peeping in her face, that seemes more fayre,
The more they on it stare.
But her sad[3] eies, still fastened on the ground,
Are governéd with goodly modesty,
That suffers not one looke to glaunce awry,
Which may let in a little thought unsownd[4],
Why blush ye, love, to giue to me your hand,
The pledge of all our band[5]?

Sing ye sweet angels, Alleluya sing,
That all the woods may answere, and your eccho ring.

注释: 1. vermill: 朱红色。

2. grayne: 彻底的，粘得紧紧的。

3. sad: 严肃的，认真的；庄重的；沉着的；沉重的。

4. unsownd: 不谦虚的，不礼貌的；不正派的；无节制的。

5. band: 契约。

十三

你们看呐，她就站在圣坛前方，
聆听虔诚牧师把祝福对她讲，
双手合十，祝福他们地久天长，
红红的玫瑰在她脸蛋上绽放，
雪白的面颊上骤飞流霞彩光，
殷红莲艳，仿佛尽染朱砂一样，
引圣坛四周众天使呆立凝望，
频频将佳人的粉面注视瞻仰，
竟然将自己应尽的职责遗忘，
拍翼振翅，绕着佳人盘旋飞翔，
越是窥视就越发讶异叹赏。
可她双眸低垂，不曾抬起半响，
一副羞怯怯的样子，谦恭温良，
一瞄一瞥都被视作行为不当，
粗鲁冒失唐突轻率，轻佻莽撞，
当我发誓与你执手地久天长，
你递过手时为何羞涩异常？

天使们，把哈利路亚唱响，
歌声将在千木万林久久回荡。

解析： 新娘站在神坛前，牧师祝福她，祝福她的婚姻。新娘面红耳赤，天使们绕在她的周围聚精会神地观看，结果
忘记了他们的职责。而新郎却在纳闷，当新娘把手交到他的手里完成婚礼仪式的时候为何要害羞？
在这一节里，诗人更进一步深层展现基督教婚礼仪式，阐释新娘对牧师祝福的反应和新郎对新娘答复的反应。
她的羞涩引新郎欲为她赋写又一首赞美她美貌的歌，但却犹豫不决，无法倾心而为。因为他心中半信半疑。
当他描写新娘低眉顺目，意沉沉时，心底下疑惑新娘发誓嫁给他时脸上为何泛起红晕。

14

Now al is done; bring home the bride againe,

bring home the triumph of our victory,

Bring home with you the glory of her gaine[1],

With ioyance bring her and with jollity.

Neuer had man more joyfull day then this,

Whom heaven would heape with blis.

Make feast therefore now all this live long day,

This day for ever to me holy is;

Poure out the wine without restraint or stay,

Poure not by cups, but by the belly full,

Poure out to all that wull[2],

And sprinkle all the postes and wals with wine[3],

That they may sweat, and drunken be withall.

Crowne ye God Bacchus with a coronall[4],

And Hymen also crowne with wreathes of vine,

And let the Graces daunce unto the rest;

For they can doo it best:

The whiles the maydens doe theyr carroll sing,

To which the woods shal answer,and theyr eccho ring.

注释: 1. 得到她的光荣。

2. wull: 要，希望。

3. 罗马婚礼上一个传统的活动。

4. coronall: 花环，花冠。

十四

婚典已经结束，请把新娘带走，
带回我凯旋赢得的情合意投，
带回赢得她的荣耀——媚花娇柳，
你们要开心，喜洋洋，乐悠悠。
人们今天比任何时候都享受，
上苍给予层层叠叠至福垂佑。
今天是我命中最神圣的时候
请备好欢宴，请备好金盏碧筹，
莫迟疑，倒满酒。莫停手，莫停留，
请直接灌下肚，不要半推半就，
任君一醉方休。
请给柱子上和墙壁上洒满酒，
灌得他酩酊大醉，让酒如雨流。
用花环装饰酒神巴克斯的头，
让海门神用青藤来把花冠扭，
美惠女神在舞蹈方面是能手，
就让她们来场舞蹈秀：

姑娘们会一齐高声歌唱，
歌声将在千木万林久久回荡。

解析： 基督教婚礼仪式这个桥段已然结束。新郎让人再把新娘带回家，因为那里的庆祝活动就要开始。新郎叫人上酒上菜。于是把注意力从教堂里万能的"主"的圣像转移酒神"巴克斯"，婚神海门，以及美惠三女神身上。斯宾塞轻而易举（甚至是匆匆忙忙）调转笔锋，从描写新教婚典，转移到写异教欢宴上。将新娘在基督教婚典神坛前的谦恭之态抛到脑后，转而称赞饮酒纵乐之神巴克斯和司婚神海门，并请求美惠三女神起舞助兴。现在他要纵酒祭神，庆祝自己的"凯旋"。他认为今天这个日子是属于他一个人的圣日。因为说话人上文中祈求过太阳神把今天赐予他一个人。

15

RING ye the bels[1], ye yong men of the towne,

And leave your wonted[2] labors for this day:

This day is holy; doe ye write it downe,

That ye for ever it remember may.

This day the sunne is in his chiefest hight,

With Barnaby[3] the bright,

From whence declining daily by degrees,

He somewhat loseth of his heat and light,

When once the Crab behind his back he sees[4].

But for this time it ill ordainéd was,

To chose the longest day in all the yeare,

And shortest night, when longest fitter weare:

Yet never day so long, but late[5] would passe.

Ring ye the bels, to make it weare away,

And bonefiers make all day,

And daunce about them, and about them sing:

That all the woods may answer, and your eccho ring.

注释: 1. 或仪式性地敲钟，或心情激动时随意敲钟。

2. wonted：通常的，常有的。

3. Barnaby：圣巴纳比日，即六月十一日。也是旧历中的夏至日。人们用敲钟和生祝火的方式庆祝夏至的到来。这种庆祝方式在英国已经消失。

4. 在夏至日，太阳马上就要离开双子宫，移居巨蟹宫。

5. late：最终，终于。

十五

镇上的后生，请把口口婚钟敲，
将你们今天的活计儿一边抛，
今天是神圣的一天，请命简含毫；
铭刻肺腑，烂熟于心。一定记牢。
太阳值在今天属一年中最高，
是圣巴纳比夏至日，艳阳高照，
从此之后它的热力日渐减少，
一点一点地失去热度和光耀，
直至将身后的那只巨蟹细瞧。
可佳期注定让我忧来，让我脑，
选在白昼最长这天鸠舞鹊笑，
日长夜短暂。弹指一暮，漫漫朝，
但再长的白昼也会结束终了。
敲起钟，让长日慢慢尽，慢慢耗，
保证祝火整日燃烧。

绕着篝火舞蹈，高声歌唱，
歌声将在千木万林久久回荡。

解析：　新郎在这一节中反复重申确认今天是圣日。所以他要求众人以庆祝的方式作为对教堂鸣钟的回应。他欣喜若狂，
　　　　因为今天风和日丽，阳光灿烂。但当他意识到今天刚好是夏至日的时候，语气中又流露出些许遗憾。因为这
　　　　是夏季白昼最长的一天，所以他那一刻值千金的洞房花烛夜必然因此缩短。
　　　　通过识别佳期的准确日子（即六月 22 日，夏至日），斯宾塞将读者从诗歌世界拉回当年真真切切的当下。有
　　　　些评论家注意到：《婚颂》中对当天每个时间段的详细描述与历史上当日的各种天文现象十分吻合。

16

AH! when will this long weary day have end,

And lende me leaue to come unto my love?

Hovv slowly do the houres theyr numbers spend!

How slowly does sad Time his feathers move!

Hast thee, O fayrest Planet[1], to thy home

Within the Westerne fome:

Thy tyred steedes long since have need of rest.

Long though it be, at last I see it gloome[2],

And the bright euening star with golden creast

Appeare out of the east.

Fayre childe of beauty, glorious lampe of loue

That all the host of heauen in rankes doost lead,

And guydest louers through the nights dread,

How chearefully thou lookest from above,

And seemst to laugh atweene thy twinkling light

As joying in the sight

Of these glad many, which for joy doe sing,

That all the woods them answer, and their echo ring.

注释:　　1. fayrest Planet: 在托勒密 (Ptolemy) 体系中，太阳是一个绕着地球旋转的星球。

2. gloome：阴郁的表情。

十六

啊，这白昼何时休！它乏味漫长，
我何时才能来到我爱人身旁？
分秒何等施施而行，不慌不忙！
时间跑起来咋就像蜗牛一样？
灿烂的行星哟，请你赶紧返乡，
快快落在那片西天边的海洋。
你的马儿倦了，它们也得休养，
白昼虽长，可我见它终失光芒，
黄昏星这般金光熠熠，很明亮，
它的头已露在东方。
美的俊童哟，那爱的明灯辉煌，
是你为天界的万军天使导航，
引导恋人度过暗夜、迷蒙、沮丧，
你俯瞰下界时多么喜气洋洋！
宛若欢笑在闪烁明辉的中央，
仿佛喜见眼前景象。

下界一众人等快乐歌唱，
歌声在千木万林间久久回荡。

解析： 新郎在这一节中继续无可奈何地发牢骚。抱怨白昼太长，但又充满希望，因为这时漫长的白昼已经结束，夜
幕开始降临。看到天色既暗，新郎向"美的俊童，爱的明灯"发话，催促他抓紧时间前去为新婚伉俪成婚。
斯宾塞再次聚焦在时间上。夜晚的临近，让说话人重新燃起希望。他急切渴望二人世界快点到来，所以恳求
晚星领着新娘入洞房。

17

NOW cease, ye damsels, your delights forepast;

Enough is it that all the day was youres:

Now day is doen, and night is nighing fast:

Now bring the bryde into the brydall boures.

Now night is come, now soone her disaray[1],

And in her bed her lay;

Lay her in lillies and in violets,

And silken courteins ouer her display,

The odourd[2] sheetes, and Arras coverlets[3],

Behold how goodly my faire love does ly

In proud humility!

Like vnto Maia[4], when as Ioue her tooke,

In Tempe, lying on the flowry gras,

Twixt sleepe and wake, after she weary was,

With bathing in the Acidalian brooke.

Now it is night, ye damsels may be gon,

And leaue my love alone,

And leave likewise your former lay to sing:

The woods no more shal answere, nor your echo ring.

注释: 1. disaray: 如果不，要是不，除非。

2. odourd: 散发香气的。

3. Arras coverlets: 美丽的壁毡、床单。

4. Maia: 迈亚。希腊神话中一个女神，是泰坦神阿特拉斯的女儿，母亲为普勒俄涅。阿特拉斯与普勒俄涅生了七个女儿，俱为山林仙女，称为普勒阿得斯姊妹，迈亚为其中最年长者。普勒阿得斯七姐妹住在阿耳卡狄亚地区的库勒涅山，因此有时她们也被归于俄瑞阿得斯（山岳神女）之列。在希腊神话的众神谱系中，迈亚占有一个重要位置：她同宙斯结合，生了赫耳墨斯。根据荷马颂歌，宙斯是在库勒涅山的山洞里诱奸了迈亚。

十七

姑娘们，你们已乐了一天时光，
行了，现在请停止继续逗新娘，
天色不早了，夜晚之神已临场：
请你们把我的新娘领入洞房。
天已经黑了，她要脱下新娘装，
请你们伺候我的爱人上婚床；
把她放在百合紫罗兰的海洋，
让床单和挂毯散发出香水香，
也替她把绸缎锦被盖在身上，
你们看哪，我的爱人多么漂亮，
她就躺在那里，娇羞而又端庄；
就像被宙斯拐走的迈亚一样：
迈亚在潭蓓谷的花草中卧躺，
半梦半醒之间，深感困倦难挡，
便沐浴于阿西达里亚清溪旁。
请姑娘们都回去吧，夜幕已降，
只留新娘陪新郎。

也别把刚才唱的歌儿唱，
歌声不再千木万林久久回荡。

解析：　　新郎催促歌舞者们离开婚礼庆典现场，领走新娘。因为他渴望与新娘单独相处的那个时刻快点到来。新郎将躺在床上的新娘比作山神迈亚。当年迈亚正是那样躺在床上与宙斯行云雨之欢，后来生下为众神传信，并掌管商业、道路的奥林匹斯十二主神之一赫耳墨斯（罗马名墨丘利）。

说话人将新郎新娘比作宙斯与迈亚，这点很重要。因为这里预示着新郎的另一个希望——开枝散叶。除了急切期待与新娘洞房花烛之外，说话人还希望新婚之夜能有爱的结晶。根据传说和传统，夏至日怀的孩子会很聪明，很幸福。

18

NOW welcome, night! thou night so long expected,

That long daies labour doest at last defray[1],

And all my cares, which cruell Loue collected,

Hast sumd in one, and cancelléd for aye:

Spread thy broad wing ouer my loue and me,

That no man may us see,

And in thy sable mantle vs enwrap,

From feare of perrill and foule horror free.

Let no false treason seeke us to entrap,

Nor any dread disquiet once annoy

The safety of our joy:

But let the night be calme and quietsome,

Without tempestuous storms or sad afray[2]:

Lyke as when Jove with fayre Alcmena[3] lay,

When he begot the great Tirynthian groome:

Or lyke as when he with thy selfe did lie,

And begot Majesty[4].

And let the mayds and yongmen cease to sing:

Ne let the woods them answer, nor theyr eccho ring.

注释: 　1. defray: 支付，偿清。

　　　2. afray: 忧虑，担心，顾虑，不安。

　　　3. Alcmena: 阿克梅娜。英仙座珀尔修斯的孙女，底比斯国王安菲特律翁之妻。阿尔梅娜 8 个哥哥均被仇人
　　　　杀害，为此她发誓此仇不报就不与安菲特律翁同床，安菲特律翁筹划了很久，终于等到机会领兵出去报仇。
　　　　宙斯趁人之危盯上阿尔克墨涅，为了掩人耳目，祂还给太阳神和月亮女神放长假，使得这个漫漫长夜竟有
　　　　平时的三倍之长。

　　　4. Maiesty: 斯宾塞将 Majesty 的父母视为乔武和夜神，但奥维德指定他们为荣誉神和敬畏神。

十八

欢迎你啊，我久久期盼的夜神，
你终将漫漫长日之辛劳偿清，
无情爱神给我万千魂牵梦萦，
最终化为一缕云烟，消散尽净：
张开你那双宽阔的双翼飞行，
别让他人注目凝魂，
把我们包裹在你的黑袍之中，
让我不为恐怖感到胆战心惊。
别让不忠诱惑我们落入陷阱，
别让任何不安烦恼、忧悒、烦闷，
来打扰我们的喜乐、欢欣、安宁：
让黑夜变得恬和，阒然，又寂静，
没有忧愁烦恼，没有暴雨狂风：
像宙斯与阿克梅娜同床共梦，
生下提瑞西亚那个大力英雄。
或者像袘与你自己同床共枕，
生下曼喆斯提威风凛凛。

让姑娘小伙们停止歌唱，
别让歌声在林木中久久回荡。

解析：　夜幕终于降临。新郎请求夜神掩护他们。这里又有一个神话人物对比。说话人将他与新娘的关系和宙斯与阿
克梅娜的风流韵事相比。
斯宾塞在这里又引用了一个有关主神宙斯的典故。阿克梅娜是底比斯国王安菲特律翁之妻，被宙斯诱奸后生
下大力神赫拉克勒斯。说话人把聚焦点从与新娘完婚转移到了这段联姻带给自己子嗣的可能性上面。

19

LET no lamenting cryes, nor dolefull teares,

Be heard all night within, nor yet without:

Ne let false whispers, breeding hidden feares,

Breake gentle sleepe with misconceivéd dout[1].

Let no deluding dreames, nor dreadful sights,

Make sudden sad affrights;

Ne let housefyres, nor lightnings helpelesse harmes,

Ne let the Pouke[2], nor other euill sprights,

Ne let mischieuous witches with theyr charmes,

Ne let hob Goblins, names whose sence we see not,

Fray[3] us with things that be not.

Let not the shriech oule[4], nor the storke be heard:

Nor the night rauen that still deadly yels,

Nor damnéd ghosts cald up with mighty spels,

Nor griefly vultures make us once affeard:

Ne let the unpleasant quyre of frogs still croking

Make us to wish theyr choking.

Let none of these theyr drery accents sing;

Ne let the woods them answer, nor theyr eccho ring.

注释： 1. dout：忧虑，担心，顾虑，不安。

2. Pouke：小妖精通常被人们看作是一种厉鬼。

3. fray：使恐怖，吓唬，威胁。

4. oule：猫头鹰和大乌鸦是带来凶兆的鸟，鹳也被列入其中。

十九

请不要让人在屋里屋外听到
听到伤心哭泣，或者凄厉哀嚎；
请不要让窃窃私语喧嚣聒噪
带着疑惑把轻柔的睡眠惊扰。
请不要让虚妄幻梦可怕之兆，
让人出乎意料；
莫让孤弱之房惨遭雷天火烧，
请不要让牛鬼蛇神作怪兴妖，
请不要让巫婆出下蛊的损招，
妖魔鬼怪一个也别让我们瞧，
其诡异之举令我们魄散魂消。
请不要让我们听猫头鹰尖叫，
请不要让我们听乌鸦和鹳鸟，
也别让该死幽灵念咒把鬼招，
莫叫兀鹰吓得我们心惊肉跳：
请不要让那蛙声一片惹人恼，
希望它们死翘翘，

别让人们把乏味民谣唱，
莫让歌声在四林中久久回荡。

解析： 新郎祈祷新婚之夜不会受到任何恶灵和晦气侵扰。整个这一节中列举的都是各种各样可能的危险。
到了新郎和新娘终于单独相处的那一刻，说话人笔锋转移到几乎可以说是癔病患者般的絮絮叨叨。他反反复
复提到担忧和害怕，从害怕捕风捉影的窃窃私语与怀疑到害怕劫掠者，甚至到对鬼怪和巫术的惧怕等等。虽
然众多夜惊在希腊神话中均有对应物，但其中有很多出自爱尔兰民间传说。斯宾塞提醒自己和读者，作为一
个踏上爱尔兰土地的英国人，他面临着很多危险，甚至新婚之夜都无法避免。

20

BUT let stil Silence trew night watches keepe,

That sacred Peace may in assurance rayne,

And tymely Sleep, when it is tyme to sleepe,

May poure his limbs forth on your pleasant playne,

The whiles an hundred little wingéd loves[1],

Like divers fethered doves,

Shall fly and flutter round about your bed,

And in the secret darke, that none reproves

Their prety stealthes shal worke, and snares shal spread

To filch away sweet snatches of delight,

Conceald through covert night.

Ye sonnes of Venus, play your sports at will,

For greedy Pleasure, carelesse of your toyes[2],

Thinks more upon her paradise of joyes,

Then what ye do, albe it good or ill.

All night therefore attend your merry play,

For it will soone be day:

Now none doth hinder you, that say or sing,

Ne will the woods now answer, nor your Eccho ring.

注释: 　1. little wingéd love：背生双翼的小爱神丘比特。

　　　　2. toyes：爱情游戏。

二十

请让寂静整夜保持寂寂沉沉，
让神圣的宁静犹如春雨温润，
就寝的时间一到就应该就寝，
舒舒服服地躺下来，四平八稳。
同时要有成百上千个小爱神，
如彩鸽般羽毛五彩缤纷，
绕着新娘婚床飞舞，翅拍翼振，
夜色沉沉，没有人会责怪教训，
责怪他们偷偷设下圈套骗人，
抢走昏昏夜色掩护下的开心，
劫走欢欣。
请随意消遣，维纳斯的儿子们，
尽情地玩吧，别介意你的放任
她只为她那座乐园牵念思忖，
你等行为的好坏她一概无论，
所以你们尽情通宵把乐子寻，
因为很快就是清晨：

没什么阻挡你们说或唱，
声响不会在千木万林久回荡。

解析： 吉时一到，新郎命令司安静的神和司睡眠的神前来新房。他鼓励"成千上万个生有羽翼的小爱神"绕在婚床四周，
尽情享受，尽可能在那里一直呆到破晓。
诗人回到享受与新娘的洞房花烛之夜主题上。他乞求"维纳斯的爱子"陪伴他们到黎明。尽管他知道睡眠之
神会来，而且最终肯定会来，但他依然希望能够尽情享受与新娘缠绵的秒秒分分。

21

WHO is the same which at my window peepes?

Or whose is that faire face that shines so bright?

Is it not Cinthia[1], she that neuer sleepes,

But walkes about high heauen al the night?

O fayrest goddesse, do thou not enuy

My love with me to spy:

For thou likewise didst loue, though now unthought[2],

And for a fleece of woll[3], which privily,

The Latmian shephard once unto thee brought,

His pleasures with thee wrought,

Therefore to us be fauorable now;

And sith of wemens labours thou hast charge[4],

And generation goodly dost enlarge,

Encline they will t'effect our wishfull vow,

And the chast wombe informe with timely seed,

That may our comfort breed:

Till which we cease our hopefull hap[5] to sing,

Ne let the woods us answere, nor our Eccho ring.

注释:

1. Cinthia: 月亮女神辛西娅。恩底弥翁是位风度翩翩的青年牧羊人，他在小亚细亚的兰特慕斯山（Mount Latmus）牧羊。有时，当羊群在四周茂盛的草地上逍遥自在地吃草时，他就在草地上沉睡，丝毫不受人世间悲伤与忧虑的侵扰。一个皓月当空的夜晚，当辛西娅驾着马车穿越天空时，无意中看到一位漂亮青年正在下面静谧的山谷中睡觉，于是对他产生爱慕之情。她从月亮马车中滑翔而下，匆忙而深情地偷吻了一下他的脸。熟睡中的恩底弥翁睁开双眼看到仙女时，有点神魂颠倒。但眼前的一切很快消失，以致他误以为这是一场梦幻。每天夜间，辛西娅都从空中飘下偷吻熟睡中的牧羊人。然而女神偶尔一次的失职引起了主神宙斯的注意。众神与人类之父决定永远清除人间对女神的诱惑。他将恩底弥翁召到身边令他作出选择：要么死；要么在永远的梦幻中青春常驻。牧羊人选择了后者。
2. unthought: 没想到的。
3. woll: 羊毛。
4. wemens labours thou hast charge: 辛西娅和朱诺都是司生育的女神。
5. hopefull hap: 我们希望的命运。

二十一

是何人在我的窗子底下偷看，
那又是谁的脸，如此鲜眉亮眼，
莫非是辛西娅，夜神彻夜不眠，
整晚整晚地游走于碧落九天？
美丽的女神啊，请别泼醋拈酸，
别嫉妒我们倒凤颠鸾：
你也爱过恋过，尽管往事如烟，
兰特慕斯羊倌曾经秘而不宣，
拿来一根羊毛送到你手里面，
跟你一起喜地欢天，
所以，请您赐我们俩枝开叶散；
因为你负责女子的生产分娩，
维持人类的生育，子孙的繁衍，
帮我们兑现我们渴望的誓言。
适时在贞女体内的温床宫殿，
孕育我们的忻欢：

此前我们不唱幸事有望，
不叫千木万林发出共鸣回响。

解析：　新郎发现月亮女神辛西娅透过窗纱偷看新娘，并祈祷新娘幸福，于是便向辛西娅提出一个特殊要求：他要求辛西娅保证新娘的"贞宫"在新婚之夜孕受孕。

斯宾塞继续祈求诸神赐予他夏至日子嗣。但这次是向月亮女神辛西娅祈祷。他请求辛西娅能念在自己与恩底弥翁相爱相恋，生出五十个女儿的份上，保佑他们子孙绵延。说话人把祈祷的重点放在孕育生命，而非婚姻上。从这里可以看出，说话人已经从前文中那个迫不及待的恋人蜕变成一个亟待完成继往开来使命的未来的父亲。

22

AND thou, great Juno, which with awful[1] might

The lawes of wedlock still dost patronize,

And the religion[2] of the faith first plight

With sacred rites hast taught to solemnize,

And eeke for comfort often called art

Of women in their smart[3],

Eternally bind thou this lovely[4] band,

And all thy blessings unto us impart.

And thou glad Genius[5], in whose gentle hand,

The bridale bowre and geniall bed[6] remaine,

Without blemish or staine,

And the sweet pleasures of theyr loves delight

With secret ayde doest succour and supply,

Till they bring forth the fruitfull progeny,

Send us the timely fruit of this same night.

And thou fayre Hebe[7], and thou, Hymen free,

Grant that it may so be.

Til which we cease your further prayse to sing,

Ne any woods shal answer, nor your Eccho ring.

注释: 1. awful: 令人畏惧的。

2. religion: 神圣，圣洁。

3. smart: 痛苦。

4. lovely: 爱的，有爱情的，钟情的，忠实的。

5. Genius: 司生育的女神。

6. geniall bed: 有生殖力的床，也是婚床。

7. Hebe: 赫柏。朱诺的女儿。斯宾塞模仿奥维德，将其视为青春女神。

二十二

伟大朱诺，你的法力无边无沿，
请你永远维护婚姻律法规范，
教人将神圣的宣誓仪式举办，
始终守护忠诚于婚姻的誓言：
分娩中的女子频频将你呼唤，
喊你安慰她们分娩，
请你让这条爱的纽带到永远，
并赐我们你所有的祝福绵延，
生育神，你的纤纤玉手多柔软，
维护新房新床被褥纤尘不染，
没有污点，
你悄无声息为他们提供助援，
保证他们爱的欢愉无比甘甜
直至他们子孙后裔瓜瓞绵绵，
洞房花烛之夜的成果快显现。
婚神海门自由，青春赫柏美艳，
请让这些得以实现。

否则我们不会把你歌唱，
歌声不在千木万林久久回荡。

解析： 新郎要祈祷的神又多了几位。他请求宙斯的妻子朱诺与司婚女神赐予他们神圣而又天长地久的婚姻，接着又
把注意力转移到开枝散叶上。所以也向青春女神赫柏与司婚女神海门发出同样的祈求。
在请求朱诺祝福这段婚姻的时候，说话人也不忘请求她赐予他们子孙绵延。尽管他也祈求诸神赐予他们纯洁
的婚姻，但斯宾塞仍然把能在新婚之夜孕育出一个新生命放在首位。

23

And ye high heavens, the temple of the gods,

In which a thousand torches flaming bright

Do burne, that to us wretched earthly clods,

In dreadful darknesse lend desiréd light,

And all ye powers which in the same[1] remayne,

More then we men can fayne[1],

Poure out your blessing on vs plentiously,

And happy influence upon us raine,

That we may raise a large posterity,

Which from the earth, which they may long possesse

With lasting happinesse,

Up to your haughty pallaces may mount,

And for the guerdon[2] of theyr glorious merit,

May heavenly tabernacles there inherit,

Of blessed saints for to increase the count.

So let us rest, sweet love, in hope of this[3],

And cease till then our tymely joyes to sing,

The woods no more us answer, nor our eccho ring.

注释:　1. fayne: 想象。

2. guerdon: 奖赏，报酬。

3. 这是一个出韵现象。

二十三

还有你，天国，众神居住的地方，
那里有无数火把闪耀着光芒，
我等不幸凡夫可怜、悲惨、凄怆，
火把为其将漆黑的夜晚照亮；
神殿犹存你们在天国的影响，
远超我们的想象，
请赐我们祝福无穷无尽无量，
让我们得到快乐，幸福和荣光，
以便我们繁衍后代，子孙绵长，
生于凡间，活在红尘俗世上，
永永远远享受幸福快乐欢畅，
愿能升到你们那极乐天堂，
作为对他们荣耀功德的奖赏，
但愿他们能将神室继承发扬，
有这些圣徒，天国神丁更兴旺。
睡吧，我的爱人，带着这个念想，

实现之前停止欢乐歌唱，
千木万林不再发出共鸣回响。

解析： 新郎向天上诸神发出包罗万象的祈祷，祈祷诸神祝福这段婚姻。他祈求"子孙满堂"，这样，他就可以养育
一代又一代的追随者升天赞美神仙。接着又鼓励新娘想想为人父母的事情。
斯宾塞把颂歌推到一个大高潮。让天上诸神见证并赐福这一对伉俪。他毫不含糊地让天神赐他子孙绵延——
对此婚姻，他别无他求。在典型的新教婚礼仪式上，说话人祈求诸神祝福自己子孙满堂，让人间充满敬神的
圣徒。

24

SONG, made in lieu of many ornaments,

With which my love should duly have bene dect[1],

Which cutting off through hasty accidents,

Ye would not stay your dew time to expect[2],

But promist both to recompens,

Be unto her a goodly ornament,

And for short time an endlesse moniment[3].

注释：　　1. dect: 装饰的，修饰的。

　　　　　2. expect: 期待的，等待的。

　　　　　3. moniment: 纪念的；记忆的。

二十四

《婚颂》啊，我赋写你来代替细软，
原本计划是将我的爱人装扮，
怎奈时间仓促，发生意外中断，
你不愿停下等待合适的时间，
但是却许下补偿二者的誓言，
让它既要成为她的饰品一件，
又要作对这千金一刻的纪念。

解析：　这一节里的说话对象是《婚颂》。新郎给它安排了一个任务，让它扮演新娘"精美饰品"的角色。新郎觉得
　　　　新娘有资格佩戴许多有形装饰品。可惜时间有限，他无法为爱人置办这些点缀她外在美的物件。故而，他希
　　　　望这首赞歌能够成为对她的"永久纪念"。
　　　　这种回归自省，对自己的作品进行思考，其实是伊丽莎白时期诗歌创作的传统习惯。新郎理应送给新娘很多
　　　　饰品，但他迫不得已，只能送她一首颂歌当作新婚大礼。诗人用了一个矛盾修辞法：在让《婚颂》暂且充当
　　　　新娘饰品的同时又让它成为新娘永久的纪念，以此将读者的注意力重新吸引到人间时间短暂和天国生命永恒
　　　　的话题上。

Prothalamion[1]

~~~~~~~~

迎亲曲

~~~~~~~~

1

Calme was the day, and through the trembling ayre,

Sweete breathing Zephyrus did softly play,

A gentle spirit, that lightly did delay[1]

Hot Titans beames, which then did glyster[2] fayre:

When I whom sullein care,

Through discontent of my long fruitlesse stay

In Princes Court, and expectation vayne

Of idle hopes, which still doe fly away,

Like empty shadowes, did afflict my brayne,

Walkt forth to ease my payne

Along the shoare of silver streaming Themmes[3],

Whose rutty[4] Bnanke, the which his River hemmes,

Was paynted all with variable[5] flowers,

And all the meades adornd with daintie gemmes,

Fir to decke maydens bowres,

And crowne their Paramours[6],

Against the Brydale day, which is not long:

Sweete Themmes runne softly, till I end my song.

注释: 1. delay: 减轻。

            2. glyster: 发光；发亮；照耀。

            3. Themmes: 在诗歌中详细描写讲述者走出城镇，来到河边时所看到的景物，很久以来一直都是一个习惯的
创作手法。文艺复兴时期英国诗人托马斯·纳什曾经创作过一首诗，名叫《情人的选择》，比斯宾塞这首
诗的出版时间晚两年左右。其中纳什就模仿过这一惯例创作手法。

            4. rutty: 根多的；根状的。

            5. variable: 多样的；各种各样的。

            6. Paramours: 恋人，情人。

岁月静好，习习凉风和暖嬉游，
静静穿梭于徐徐缓行的气流，
一个温柔和顺的精灵使日头，
和缓温煦暖热，降低它的火候：
当我牵累烦忧，
久久徒然地逗留在威威王宫，
一线渺茫希望消失得无影踪，
悻悻于满怀希望的结果落空，
让我头昏脑涨，似幽灵般空洞，
折磨我，我沿河前行，缓解疼痛，
鹅行鸭步波光潋滟的泰晤士，
河岸两边满眼都是茂叶繁枝，
百花五彩缤纷，绽放桃红魏紫，
片片草地上镶满了翡翠宝石，
戴在情人头上很合适，
也适合将香闺装饰，
为了婚期那天，那天已经不远：
泰晤士水静流，流到我一曲唱完。

解析： 诗人沿着泰晤士河岸散步，目的是为了暂时抛开生活中的烦恼。他对自己在朝中的工作感到万念俱灰，黯然神伤，只想得到内心的安宁。那里凉风习习，映照出一片充满融融暖意的荫蔽。花儿娇艳，鸟儿鸣啭。诗人恳求河水缓缓地流，流到他唱罢方可休。

2

There, in a Meadow, by the Rivers side,

A flocke of Nymphes chauncéd to espy,

All lovely Daughters of the Flood[1] thearby,

With goodly greenish locks all loose untyde,

As each had bene a Bryde,

And each one had a little wicker basket:

Made of fine twigs entryléd[2] curiously,

In which they gathered flowers to fill their flasket[3]:

And with fine Fingers, cropt full feateously[4]

The tender stalkes on hye,

Of every sort, which in that Meadow grew,

They gathered some; the Violet pallid blew,

The little Dazie, that at evening closes,

The virgin lillie, and the Primrose trew,

With store[5] of vermeil[6] Roses,

To decke their Bridegroomes posies[7],

Against the Brydale day, which is not long:

Sweete Themmes runne softly, till I end my song.

注释：　　1. flood: 河流。

2. entryled: 交织的，交错的。

3. flasket: 篮子。

4. feateously: 轻轻采摘。

5. store: 大量的。

6. vermeil: 深红色，猩红，鲜红。

7. posies: 花束；一丛礼花。

河边有一片绿草地，就在那边，
我碰巧看到一大群河仙，
她们都是附近河神家的爱媛，
其郁郁葱葱的秀发自由披散，
一个个河仙宛若新娘子一般，
每个仙女手上挎着篮子一只，
篮子用细枝编成，做工很精致，
里边装满了鲜花儿，桃红魏紫：
河仙们轻轻柔柔，用纤纤玉指，
采下朵朵鲜花，动作灵巧之至，
片片草地五彩缤纷，百花争艳，
她们采集了一些鲜嫩紫罗兰，
还有雏菊，雏菊晚间合拢花瓣，
又有百合无暇，樱草冰心一片，
无数玫瑰花儿红艳艳，
她们用礼花打扮新郎官，
为了婚期那天，那天已经不远：
泰晤士水静流，流到我一曲唱完。

解析：　诗人偶然看到河岸边有一群河仙。在这里，诗人首次引入用神话人物。宁芙是仙女，众所周知，她们以清白纯洁著称。每一位仙女看上去都那么惊艳，长发披肩。那群仙女一起用报春花，百合，红玫瑰，郁金香，紫罗兰以及延命菊扎成花束，迎接两位新娘。

3

With that, I saw two Swannes[1] of goodly hewe[2]

Come softly swimming downe along the Lee[3];

Two fairer Birds I yet did never see;

The snow which doth the top of Pindus[4] strew,

Did never whiter shew,

Nor Jove himself when he a Swan would be,

For love of Leda, whiter did appeare;

Yet Leda was they say as white as he,

Yet not so white as these, nor nothing neare;

So purely white they were,

That even the gentle streame, the which them bare,

Seemed foule to[5] them, and bad his billowes spare[6]

To wet their silken feathers, lest they might

Soyle their fayre plumes with water not so fayre,

And marre their beauties bright,

That shone as heavens light,

Against the Brydale day, which is not long:

Sweete Themmes runne softly, till I end my song.

注释：

1. Swanne: 天鹅。这里引入了一个关于宙斯和勒达的神话故事。勒达是斯巴达王廷达瑞俄斯的妻子，王后。宙斯醉心于她的容貌，趁她在河中洗澡时，化作天鹅与她亲近。勒达因此怀孕，生下引起特洛伊战争的美人海伦。有的神话里说勒达生下的是两个金鹅蛋，一个孵出了绝世美女海伦，一个孵出了德奥古利。德奥古利后来上了寻找金羊毛的阿尔戈船，并多次立功。

2. hewe: 外貌，外观。

3. Lee: 意思很模糊。单词 "lea" 是草地的意思，而里河（Lee River）是汇入泰晤士河的一条河流。那时的泰晤士河面经常能看到天鹅游来游去。这里的天鹅代表新娘。

4. Pindus: 诗人也许指希腊色萨利平原西部的山区。奥维德在其作品中多次提及的高耸巍峨品都斯山。

5. 和……比起来。

6. spare: 忍耐，容忍。

还有两只天鹅，羽毛洁白无瑕，

她们沿着里河河水顺流而下；

是不才前所未见的良苑仙葩；

即使白雪覆盖的品都斯山崖

也白不过她和她，

主神宙斯为了爱情变身天鹅，

变成天鹅之后追求勒达娇娥；

山神勒达像祂一样白（人们说），

但与这两只天鹅比却比不过；

它们皎皎然不染污浊，

甚至负载她们的里河的河水，

似乎也感觉到十分自惭形秽，

里河河神还向波涛立下清规，

万莫湿其缎羽，以免使其沾灰，

也莫将其花貌毁，

其光华如神光闪耀光辉，

为了婚期那天，那天已经不远：

泰晤士水静静流，流到我一曲唱完。

解析：　作为第二个神秘存在，斯宾塞引入天鹅。横渡里河的天鹅看上去那么圣洁。那对天鹅远化为天鹅，赢得勒达芳心的宙斯洁白。斯宾塞接下来说那些天鹅更比勒达本人光彩照人，以致泰晤士河神严令禁止河水弄脏这些天鹅的双翼。

4

Eftsoones[1] the nymphes, which now had flowers their fill,

Ran all in haste, to see that silver brood[2],

As they came floating on the Cristal flood;

Whom when they sawe, they stood amazéd still,

Their wondring eyes to fill;

Them seemed they never saw a sight so fayre,

Of fowles so lovely, that they sure did deeme

Them heavenly borne, or to be that same payre

Which through the Skie draw Venus silver Teame[3];

For sure they did not seeme

To be begot of any earthly seede,

But rather Angels, or of Angelsbreede[4];

Yet were they bred of Somers-heat[5] they say,

In sweetest Season, when each Flower and weede[6]

The earth did fresh aray;

So fresh they seemed as day,

Against the Brydale day, which is not long:

Sweete Themmes runne softly, till I end my song.

注释: 1. Eftsoons:〔古语〕马上，立刻。

2. brood: 那对儿银光闪闪的高贵血统。

3. Venus silver Teame: 传统神话传说认为，为维纳斯拉御辇的是天鹅。

4. breede: 氏族，家族，家系，系统；门第。

5. Somers-heat: 斯宾塞用萨默塞特姓氏玩了一把一语双关。

6. weede: 植物。

四

那些河仙们速速把花篮装满，

然后匆匆忙忙奔向白天鹅那边，

两只天鹅悠悠然于潋滟水面；

河仙见之驻足凝视，呆立惊叹，

讶异之情溢于双眼；

似乎此前未曾见过如此壮观，

天鹅多可爱哟，河仙如此推断，

两只尤物肯定生于天国良苑，

正是那两只拖拉爱神的香辇；

因为他们似乎认为自然而然，

它们绝非凡夫俗子所生幼崽，

定是天使之后，属于天使血脉；

人们都说当绿草青青百花开，

为大地换上崭新的花衣穿戴，

萨默塞特姐妹生下来，

像白昼般清新有光彩，

为了婚期那天，那天已经不远：

泰晤士水静流，流到我一曲唱完。

解析：　看到天鹅红掌拨清波，横渡里河，那群河仙呆若木鸡。在神话故事中，天鹅通常是指定为爱神维纳斯拉车的神鸟。
　　　　而百合花通常与宁芙的纯洁与童贞相得益彰。

5

Then forth they all out of their baskets drew

Great store of Flowers, the honour[1] of the field,

That to the sense did fragrant odours yield,

All which upon those goodly Birds they threw

And all the Waves did strew,

That like old Peneus Waters[2] they did seeme,

When downe along by pleasant Tempes shore,

Scattred with Flowers through Thessaly they streame,

That they appeare through Lilliesplenteous store,

Like a Brydes Chamber flore.

Two of those nymphes, meanwhile, two Garlands bound

Of freshest Flowres which in that Mead[3] they found,

The which presenting all in trim Array,

Their snowieForeheads[4] therewithall they crownd,

Whil'st one did sing this Lay,

Prepared against that day,

Against the Brydale day, which is not long:

Sweete Themmes runne softly, till I end my song.

注释: 　1. honour: 荣耀。

　　　 2. Peneus Wafers: 佩纽斯河流经希腊塞萨利区境内，介于奥萨山和奥林匹斯山之间的潭蓓河谷。

　　　 3. Mead:（特指割制干草用的）草地，草原；（河边）低草地。

　　　 4. Foreheads: 指天鹅的。

五

接着，那些河仙们便从花篮中，
纷纷取出花，花是田野的光荣，
那沁人心脾的芬芳馨香浓浓，
她们把鲜花儿扔给两只惊鸿，
鲜花把里河河面盖满，
里河像那条古老佩纽斯一般，
流经塞萨利区，浩浩荡荡向前，
沿着那迷人的潭蓓溪谷两岸，
是浩渺花海，如花神仓储浩瀚，
花海像婚房的地板。
河仙中有两个取出两只花环，
花环乃用牧场上的鲜花扎编，
花环编得非常整齐，也很好看，
戴在两只天鹅雪白的颈项间，
一个唱起歌，歌声婉转，
唱歌是为了那一天，
为了婚期那天，那天已经不远：
泰晤士水静静流，流到我一曲唱完。

解析： 完成上一节中的各种动作之后接下来，仙女们摆开架势，备好一只只花篮。那些花篮看似百花装点的婚房。
仙女们为即将到来的婚礼感到无比兴奋，将鲜花撒向泰晤士河，撒向天鹅。仙女们同时还准备了一首婚礼赞歌。
有百花馨香浓郁的泰晤士河看起来就像希腊神话中沿着潭蓓谷和塞沙利谷流淌的太古名河佩纽斯河。

6

"Ye gentle Birdes, the worlds faire ornament,

And heavens glorie, whom this happie hower

Doth leade unto your lovers blisful bower,

Joy may you have and gentle hearts content

Of your loves complement[1]:

And let faire Venus, that is Queene of love,

With her heart-quelling sonne upon you smile,

Whose smile they say, hath virtue[2] to remove

All loves dislike, and friendships faultie guile

For ever to assoile[3].

Let endlesse Peace your steadfast hearts accord[4],

And blesséd Plentie wait upon your bord[5],

And let your bed with pleasures chaste abound,

That fruitfull issue may to you afford[6],

Which may your foes confound,

And make your joyes redound[7],

Against the Brydale day, which is not long:

Sweete Themmes runne softly, till I end my song.

注释: 1. complement: 结婚，婚姻。

2. virtue: 力量。

3. assoile: 有力量排除情路上所有令人反感的干扰因子。

4. accord: 使调和，使一致；使和睦，调停。

5. bord: 桌子。

6. afford: 赠予。

7. redound: 使溢出，使泛滥，使涨满；淹没。

六

"高贵的鸟，你们是人间的饰品，
也是天国荣光，这个吉日良辰，
把你们朝爱人的快乐闺房导引，
祝愿你们幸福快乐，如意称心，
和心爱的人成亲完婚：
让美丽的维纳斯，那爱的女王，
和她那个慑人魂魄的小儿郎，
对你笑，人们说她的笑有力量，
将嫌恶从爱情之中一扫而光，
将欺骗永远不要不在友谊中临场。
让永恒的平静与忠心的协和，
让神圣的珍馐等候你在餐桌，
让你的床上铺满贞洁之喜乐，
带给你子子孙孙绵延无穷多，
使你的敌人惊慌失措，
让喜悦将你淹没，
为了婚期那天，那天已经不远：
泰晤士水静流，流到我一曲唱完。"

解析：　宁芙的歌声用令人如痴如醉的音乐效果给人们施行催眠术，感化人们。在这里，斯宾塞祝愿这两对儿新人永
结同心，百年好合，就像这些鸟儿一样，成为乐土奇观。他也祈求丘比特和维纳斯赐予这两对儿新人恩爱，
保佑他们远离欺骗与反感，赐予他们福寿绵绵，保佑他们的子孙威镇邪恶，正气浩然。

7

So ended she; and all the rest around

To her redoubled that her undersong[1],

Which said, their bridale daye should not be long;

And gentle Eccho from the neighbour ground

Their accents did resound.

So forth those joyous Birdes did passe along,

Adowne the Lee, that to them murmurde low,

As he would speake, but that he lackt a tongue,

Yet did by signes his glad affection show,

Making his streame run slow.

And all the foule which in his flood did dwell

Gan flock about these twaine, that did excell

The rest, so far, as Cynthia[2] doth shend

The lesser starres. So they, enrangéd[4] well,

Did on those two attend,

And their best service lend[3],

Against the Brydale day, which is not long:

Sweete Themmes runne softly, till I end my song.

注释： 1. undersong：复唱她所唱的那支歌的尾曲。

2. Cynthia：指月神辛西娅。月神又叫戴安娜，因为她的灵山是辛托斯山。

3. lend：给予。

七

在她唱罢之后，周围其他河仙，
又将曲尾的叠句重新唱一遍，
歌唱她们俩的婚期就在眼前；
其相和之声是那么轻柔和缓，
在方圆几百里之地回荡遍传。
两只快乐天鹅就这样向前游，
顺流而下，那里河河水潺潺流，
仿佛想开口说话，但却没舌头，
所以只有示意，让河水慢慢走，
以此表达一腔喜悦之情悠悠。
栖息在里河的各种各样水鸟，
开始从四面八方将天鹅环绕，
两只天鹅有出众逸群的美貌，
正如月光比星光更灿烂闪耀。
水鸟排列整齐来到，
来效犬马之劳。
为了婚期那天，那天已经不远：
泰晤士水静流，流到我一曲唱完。

解析：　里河是肯特郡首府所在地。所以在这个喜庆的日子里当然会欢快地流淌。鸟儿飞翔于天鹅上方。这种景象看起来就像月亮灿烂于群星之上。

8

At length they all to merry London came,

To mery London, my most kindly Nurse,

That to me gave this Lifes first native source,

Though from another place I take my name,

An house of ancient fame[1].

There when they came, whereas those bricky towres[2]

The which on Thammes broad aged backe do ryde,

Where now the studious lawyers have their bowers,

There whilome[3] wont the Templer Knights to byde,

Till they decayd[4] through pride:

Next whereunto there standes a stately place[5],

Where oft I gainéd giftes and goodly grace

Of that great lord, which therein wont to dwell,

Whose want too well now feeles my friendles case:

But Ah here fits not well

Olde woes, but joyes, to tell

Against the Brydale day, which is not long:

Sweete Themmes runne softly, till I end my song.

注释： 1. house of ancient fame: 生在伦敦，长在伦敦。

2. bricky towres: 这里是指位于舰队街和泰晤士河南岸之间的圣堂。

3. whilome: 以前的，从前的。

4. decayd: 直至没落。

5. a stately place: 指莱斯特伯爵的伦敦寓所莱斯特宫。1579–1580 年间，斯宾塞一直受到莱斯特伯爵的保护。1588 年，莱斯特伯爵去世后，这座宅院转到埃塞克斯第二任伯爵罗伯特·德弗罗名下。

八

她们一行最终来到快乐伦敦，
快乐伦敦啊，我最慈祥的母亲，
也是我生命中的第一个桑梓，
尽管我的姓系出自他乡家门，
那个望族古来广闻。
当她们来到了红砖塔林那边，
那些塔在泰晤士脊梁上高站，
勤勉的律师在此设有办公点，
这里曾住着一个圣殿骑士团，
后因傲慢解散：
砖塔旁边是一个庄严的位置，
我的大恩人曾经就居住于此，
他常将恩典和礼物向我赏赐，
一想起故人，我顿感孤寂之至：
哎，旧殇重提不合适，
吉日适合谈喜事，
为了婚期那天，那天已经不远：
泰晤士水静流，流到我一曲唱完。

解析：　　一旦婚礼在伦敦举行，诗人便开始回忆自己在伯爵公馆的所见所闻，以及婚礼的举办地。

9

Yet therein now doth lodge a noble Peer[1],

Great Englands glory, and the Worlds wide wonder,

Whose dreadful name, late through all Spaine did thunder,

And Hercules two pillars standing neare

Did make to quake and feare:

Faire branch of Honor, flower of Chivalrie,

That fillest England with thy triumphs fame,

Joy have thou of thy noble victorie,

And endlesse happinesse of thine owne name

That promiseth the same[2];

That through thy prowesse, and victorious armes,

Thy country may be freed from foreign harms;

And great Elizaes glorious name may ring

Through al the world, filled with thy wide Alarmes,

Which some brave muse may sing

To ages following[3],

Against the Brydale day, which is not long:

Sweete Themmes runne softly, till I end my song.

注释: 　1. a noble Peer: 1596 年，埃塞克斯伯爵和瓦尔特·罗里爵士卡迪斯共同打败了西班牙舰队。

　　　2. the same: 斯宾塞用德弗罗姓氏和法语词"hereux"玩了一个双关语文字游戏。

　　　3. 让世界上各个角落都能受到你富有生机、无所不容的精神感染。

九

可如今那里住着一个大贵族，
他是英国的光荣，世界级人物，
大名昔日在西班牙如雷似虎，
甚至附近的两根大力神双柱，
也因怕他战栗不住：
骑士精神之花，出身望族名门，
你的赫赫威名广泛传于英伦，
但愿你为你的赫赫战功而开心，
愿你永远因着你的姓氏交运，
好运气在你的姓中内含深蕴；
你凭借胜利武器和你的英武，
保证你的国家免遭外敌欺负；
艾丽萨的威名传遍八方各处，
世人无不因为你的勇武蹙悚，
某位勇敢缪斯将作诗赋，
为未来时光庆祝，
为了婚期那天，那天已经不远：
泰晤士水静流，流到我一曲唱完。

解析： 埃塞克斯伯爵住在城堡里。而城堡正是婚礼的举办地。伯爵先生勇武刚健，对异域之敌而言代表危险。他在
西班牙战场上表现出的英勇无敌让他一鸣惊人，整个西班牙听到他的名字都抖了三抖。伊丽莎白女王为他感
到自豪，所以诗歌中理应有他的一席之地。

10

From those high Towers, this noble lord issuing,
Like Radiant Hesper[1] when his golden hair
In th'Ocean billows he hath Bathéd fair,
Descended to the River's open viewing,
With a great train ensuing[2].
Above the rest were goodly to be seen
Two gentle Knights[3] of lovely face and feature,
Beseeming well the bower of any Queene,
With gifts of wit, and ornaments of nature,
Fit for so goodly stature,
That like the twins of Jove[4] they seemed in sight,
Which deck the Baldric of the Heavens bright[5];
They two, forth pacing to the Rivers side,
Received those two fair brides, their love's delight;
Which, at the appointed tide,
Each one did make his bride,
Against the Brydale day, which is not long:
Sweete Themmes runne softly, till I end my song.

注释: 1. Hesper: 金星，长庚星。这里指晨星。

2. train ensuing: 有一大队随员陪伴。

3. Knights: 指未来的新郎亨利·吉尔福德和威廉姆·彼得雷尔。

4. Jove: 双子座。

5. heavens bright: 黄道带。

十

那位贵人从高高的塔林走出，
像晨星一样，将金灿灿的光束，
在大海汹涌澎湃之涛中洗沐，
他来到泰晤士河最开阔之处，
身后跟随着大班随仆。
其中有两位高贵骑士很超群，
他们二人仪表堂堂，潇洒英俊，
配得上任何一个绝美女钗裙，
二人天生聪敏有才，慧质兰心，
与其身材很相称，
看去好像宙斯的孪生子一样，
衬得天上的饰带更璀璨明亮；
他们阔步来到泰晤士河岸上，
前来迎接这两位漂亮的新娘，
在约定的辰光，
分别与他们俩圆房，
为了婚期那天，那天已经不远：
泰晤士水静流，流到我一曲唱完。

解析： 埃塞克斯伯爵金发飘飘，神清气爽，迈着轻快的步伐走向河边。与他同行的是两位英勇无畏，清秀俊朗，青春四射的青年。他们象征古希腊罗马神话中的孪生神灵——朱庇特的双生子卡斯特与帕勒克。两个俊男分别与两位靓女牵手，从此开始他们的婚姻生活。

《迎亲曲》具备一首成功诗篇的所有元素，语言简洁明快，风格别出心裁，因而成为一首经久不衰的千古绝唱。

译后记

　　《斯宾塞情诗集》是译者为这本小册子起的名字。它的原名叫《爱情小唱》但是根据斯宾塞当年出版发表《爱情小唱》和《婚颂》时的实际情况，其中还报含了《阿纳克里翁体讽喻诗》。我之所以这样命名，是因为这三部分作品的主题都是爱情。

　　《斯宾塞情诗集》中原文的拼写一律采用兰顿2014版《斯宾塞诗集》的拼写形式，标点符号则是译者结合兰顿2014版与网络版标点重新整理安排，如有不当，皆因译者理解之角度所致。

　　另有两点也要在此说明，即《婚颂》与《迎亲曲》曲名的解释。顿版曲名解释采用的是在原文曲名旁加上标符号后在注释部分注解的方式，但该英中对照版为了格式的统一无法采用同样方式处理，倘若直接删除弃用笔者又觉得可惜，故而将其移到这里，希望读者不会觉得过于突兀：

　　《婚颂》是诗人结婚当天送给自己的新娘伊丽莎白·博伊尔的礼物。诗中记录了婚礼当天从头至尾发生过的事情。从新郎黎明前的急不可耐，到婚礼结束，夜深人静之后的情不自禁。斯宾塞有条不紊地描写了当天每时每刻时光的推移。不仅从年代学的角度来说可谓精准，而且从每一位等待者的心理期待，或忐忑的主观意念角度而言，也可谓准确无误。

正如多数受古典作品启发的诗篇一样，这首颂歌开篇就是一个祈祷。新郎祈祷缪斯们向他伸出援手，但在这里，缪斯们只是帮新郎叫醒他的新娘，而非帮他创作诗歌作品。缪斯后面跟着的是一支浩浩荡荡的迎亲队伍。这些人物都试着让卧榻上的新娘子动一动。太阳升起之时，新娘终于醒来，于是乎闺房里的整个梳妆打扮过程开始。之后，新娘来到教堂（正式举行婚礼的礼拜堂）完成婚礼仪式，接下来就是庆祝活动。活动一结束，新郎迫不及待地打发走客人，开始享受起春宵一刻值千金的洞房花烛夜。但夜幕落下之后，新郎却思绪万千，转而想到他们的结合，祈祷诸神保佑新娘依然拥有处女之身，祈祷诸神赐他子孙满堂。

Prothalamion《迎亲曲》：这个词的希腊文意思是"prelimilary nuptial song"。这是斯宾塞造的词。在 1596 年的印刷版中，诗人还为这首诗设置了一个副标题，即"A Spousall Verse《迎亲赋》"。这首诗是为庆贺沃斯特郡第四任伯爵爱德华·萨默塞特的两位千金伊丽莎白·萨默塞特和凯瑟琳·萨默塞特即将到来的婚礼而作的贺诗。她们于 1596 年 11 月 8 日在伦敦埃塞克斯府举行婚礼。伊丽莎白·萨默塞特和亨利·吉尔福德结为伉俪，凯瑟琳·萨默塞特与威廉姆·彼得雷尔喜结连理。自从美籍英国诗人、剧作家和文学批评家和诗歌现代派运动领袖托马斯·斯特尔那斯·艾略特（T. S. Eliot）在其作品《荒原》中引用了这首诗的叠句之后，斯宾塞的叠句大受欢迎。

《迎亲曲》是斯宾塞创作的婚礼曲，也是最高洁的婚礼颂歌之一。颂歌的主角是双胞胎姐妹的婚姻。这对儿双胞胎的婚礼就是凯瑟琳和伊丽莎白与亨利吉尔福德和威廉姆彼得的婚礼。

与《婚颂》相比，这首《迎亲曲》现实主义的成分更少，而且也不那么能打动人。斯宾塞在这首诗中将经典意象与美好氛围强有力地结合在一起。文艺复兴时期《祝婚歌》的重头戏带有一种神话色彩，比如维纳斯，辛西娅和泰坦等。

《迎亲曲》是斯宾塞创作的第二首婚礼颂歌：设计式样仿照了他自己创作《婚颂》。诗中也流露出诗人想得到女王宠信的试图和希望找到一个靠山的想法。

　　所幸笔者一无邀宠之企图，二无寻找靠山的之想法，只求译文在读者中能够得到与其品质相应的评判。

　　在该诗集的翻译、修改以及出版过程中，译者得到家人、许多新浪译坛网友、莎士比亚商籁体译家金咸枢、以及美籍外教友人 Robin Adames 的鼎力支持，译者在此对他们的无私帮助表示由衷的感谢！

　　由于时间有限，注释翻译有待日后再补，特以此记！

邢怡

2016 年